ください

剛《ごう》しいら

ILLUSTRATION
いさき李《り》果《か》

教えてください

思い出なんてものは、ぼんやりとしているから美しいのだ。いいことも悪いことも、適当に覚えているだけだから耐えられる。

それを今更、二十四年も経っているぼろぼろの思い出を目の前にぶらさげられて、いったいどうしろと言うのだ。

大堂勇磨《だいどうゆうま》は、曖昧な営業スマイルを顔に貼り付けている。笑いたくても笑えない。内心は怒っていたが、場所が自分のオフィスだけに、声を荒げるようなことはしたくなかった。

「大堂とのことも、今となってはいい思い出だよ。大堂……勇磨は、あまり変わってない。体型なんてそのままだ。髪はまだふさふさしているし、お洒落《しゃれ》なままだ。似合ってるよ、そのスタイル」

それはそうだろう。こう見えても大堂は、都心にオフィスを構える会社の代表取締役だ。さりげなく着ているシャツだって、ブランドものでいい値段がする。ジャケットなんて、新入社員の初任給では絶対に買えないものだった。

「俺なんて、もうぼろぼろだ」

「……そういう歳でもないだろ」

何がいい思い出なものか。わざわざ勇磨なんて親しげに呼んでくれたりしているが、こちらとしては思い出すのにかなりの時間を必要とするほど、すっかり忘れていた相手だった。

いきなり目の前に現れた高校時代のクラスメイト山陵《みささぎ》保《たもつ》は、大堂と同じ歳には見えない疲れた様子をしている。わざわざ会いに来たのに、大堂をまともに見ようとはしないで、すぐにオフィスの中を見回したりして視線を外した。

二人の間には、二十四年前の高校卒業時に撮った写真が置かれている。頬をくっつけ、いかにも仲が良さそうにして映っているが、確かにこの頃は、山陵とは実に親密な関係だった。

お互いに子供だったのだ。

ちょっとした地方都市のそこそこ偏差値のいい男子高校で、演劇部で活動していた。

あの頃の大堂は、自分にかなりの自信があって、いずれは日本を背負って立つような俳優になれると思っていた。

山陵はその可愛さで、愚かにもアイドルになりたいなんて本気で口にしていた。

まだ若者が夢を見られる、いい時代だったのだ。

「勇磨、同窓会とか来ないもんな」

「ああ……」

そもそも実家なんてものがもう故郷にはない。父は病で亡くなり、母は再婚した。帰る場所すら大堂にはないのだ。

「東京で、こんな洒落た事務所を構えてるぐらいだ。今更、田舎になんて帰りたくはないだろうけど、たまには顔出せよ」

「いや、もう実家ないから、あの町に行くことがないだけさ」

卑下したような言い方が苛つく。同級生の中には、高級官僚になった人間もいるし、大手企業で役職に就いている者だっている。

この程度のオフィスを構えているからといって、そんなふうに言われると、むしろ馬鹿にされているような気すらしてくるのは考えすぎだろうか。

「それで？　山陵、今は何してる？」

アイドルになりたいと、口走っていた頃までしか山陵を知らない。大堂は高校卒業後、東京の大学に進学したが、山陵は地元に残った。二十歳前にはもう結婚していたと噂で聞いたが、それも今、やっと思い出した程度だ。

「何って、いろいろだよ。それより勇磨は、まだ結婚とかしないのか？」

「してないよ」

「あれだから？」

上目遣いで見られて、そんなことを訊かれると、いよいよ苛立ちはつのって、まさにムカツク状態になってきている。

ああ、そうだよ。バリバリのゲイだからな。結婚なんて。するわけないだろう。

あの頃はまだ十八で、下半身の暴走を止められないガキだったから、おまえみたいなやつでも、その顔の可愛さに惹《ひ》かれてやっちまったんだ。悪かったなと、すんなり言えればどんなにいいだろう。

時とは残酷なものだ。少しずつ思い出が蘇《よみがえ》ってきたが、あの頃の可愛い山陵の面影は、目の前にいる男のどこにもなかった。

「芸能プロダクションとかやってると、やり放題だろ？」

にやにやと笑って言われて、大堂は片側の口元だけ吊り上げて、皮肉っぽく答える。

「芸能プロダクションとは違うんだ。企画、制作会社。番組を仕込んだり、イベントを企画するのが仕事なんだよ」

どう説明しても、山陵には大堂のやっている仕事内容なんてものは分からないだろう。タレントを集めて、楽しそうにやっているとでも思われているのだろうか。

「芸能プロダクションとどう違うんだ？」

「えっ……ああ、タレントを抱えているわけじゃないんだ。総合プロデュースって言えば分かるかな。依頼があれば結婚式や葬式だってやるし……ま、コンサートもやるけどさ」

あまり大げさに自慢するようなことは言いたくない。稼いではいるが、決して楽ではない業界だ。

「……タレントとかは扱ってないんだ……」

何だかひどく失望した様子で言われたが、そこでやっと大堂にも山陵の求めていることが分かってきた。

「誰かに、芸能プロダクション紹介してくれとか言われたのか？」

「まぁな。期待の新人だよ」

そこで山陵は、いきなり身を乗り出してくる。

「売れるぞ……絶対に売れる」

「だったら、オーディション受けさせるといい。オーディション専門の情報誌とかもあるし、ネットで検索すれば、すぐにその子に合うオーディション先が見つかるさ」

何だ、その程度のことで、わざわざ電車を乗り継いでここまで来たのかと、大堂は冷笑を浮かべる。こんな仕事をしていると、よく勘違いされてそんな話を持って来られるが、タレント養成は専門じゃないといつも断っていた。

「大堂なら、売り先、知ってるだろ？　どう、売ってもいいんだ。頭金で五百万くれればな」

「はっ？　あのさ、俺、勘違いしてたか。不動産の話なの？」

「いや……男の子さ。二十歳の」

「何だよ、その頭金って？　意味が分からないんだが」

高校卒業後、いったいどんな人生を山陵は送ってきたのだろう。あまりにも成績が悪いと、退学させられるような高校だったが、山陵は無事に卒業するだけの知性はあった。

なのに今、考えられないような愚かなことを口にしている。

「五百万で、好きにしていいんだ。どう売ろうと、大堂の好きにしていい」

「じゃあ、臓器売らせるか？」

「い、いや、その、そういうやばいのは……止《や》めてくれ」

山陵はそこで俯《うつむ》き、そのままずっと顔を上げずにいた。まさか今の言葉を本気にしたのかと、大堂はまたもや冷笑を浮かべる。

「冗談だよ。何、そんなマジになってびびってんだ。もしかして山陵、金がいるのか？」

「……ああ、冗談じゃないんだ。五百万、ないと……俺の臓器がなくなるかもな」

「ああ？」

金が必要なのは分かったが、そこでいったい誰を売りに出すつもりなのだ。嫌な予感はしたが、大堂はわざと黙っていた。すると山陵のほうから、ついに本題を切り出してきた。

「息子だ……俺の息子だよ。売るのは俺の息子だ」

「はっ？　自分の息子を売りに出すって？　えっ、しかもたった五百万でか」

「そうだよ。たった五百万、おまえにすればその程度の金なんだろ。いいさ、息子をゲイビデオに使おうが、どっかのオヤジの愛人にしてもいい。ともかく、息子を預けるから、五百万貸してくれ」

「ふざけんな。てめぇ、いい歳して、ふざけてんじゃねえよ。殴られたいのか？」

それまで紳士的にしてきた大堂だが、瞬時に態度を変えた。大堂は本気で腹を立ててしまったのだ。大堂は声を荒げ、デスクの上に乗り出すようにして、山陵に迫った。

「どこの世界に、自分の息子の体を売ってくれって言う親がいるんだよ。たった五百だろ。そんなもの、死ぬ気になって働けば、すぐに出来る金だろうが」

「そういうことが簡単に出来るやつとは……俺は違う」

「女の子だったら、当然、ソープランドに売りに出すんだろうな？　俺にはガキはいないけど、もしいたら大切にするぜ。よくそういうことが考えられる。ガキを売る前に、さっさとてめぇの内臓でも売ってこいよ！」

山陵は殴られると思ったのか、大げさに体を後ろに遠ざける。だが大堂は、殴る価値すらないと思っていた。

「帰ってくれ。不愉快だ」

「頼むよ。見るだけでも見てくれ。若い頃の俺に似ていて、可愛い顔をしてるんだ。ガキの頃から、ダンスや歌のレッスンを受けさせているし，頭だって悪くない。ちゃんと大学にも行かせてる」

「へぇーっ、大学に行かせるだけの金はあるんだな」

「これまではあったんだ。頼むよ、勇磨、いや大堂さん、お願いします。あんただったら、俺の息子を使って五百万くらいすぐに稼げるだろ？　今、その金がないと、本当に親子で臓器を取られちまうんだ」

ついに山陵は椅子を降り、床に頭を擦りつけるようにして頼み込んでくる。

恐らく闇金か何かの、危ない連中に金を借りたのだろう。やつらだったら、本当に臓器を売らせるぐらいやりかねないが、あるいは脅されているだけかもしれない。

どちらにしても、関わりたくはなかった。

「大堂……勇磨、一度は、俺のこと、愛してくれたんだろう？」

それだけは、決して聞きたくない言葉だった。思い出を汚されたとかいうよりもっと酷《ひど》い。大堂にとって山陵との思い出は、美しいものどころか恥ずかしいものに落ちてしまった。

「勘違いすんな。やりたかっただけだ。おまえだってそうだろ。体中に精液ためていて、ちょっと触られただけでビュービュー発射してた時代だったからな。あんなものを愛だなんて言わないでくれ。おまえだって、卒業してすぐに結婚したもんな」

「あれは……勇磨に捨てられたからだ」

「何でも人のせいにするのは、昔から変わってねぇな。俺が捨てたから結婚して、俺のせいでガキが生まれて、俺のせいで借金背負ったのか？」

なぜ、山陵をふったのか、これでよく思い出した。

そうだ、この何でも人のせいにする性格の悪さが、大堂には耐えきれなかったのだ。

「山陵、ちゃんと自分と向き合うことから始めろよ。そうすれば……」

「分かってるよ。悪いのは俺だ。反省して、これからは失敗したことを人のせいにしたりしない。だから、助けてくれ。お願いだ。このままじゃ、マジで殺される」

ついに山陵は、メソメソと泣き始めた。

思い出の欠片《かけら》さえも綺麗《きれい》に霧散した。大堂はうんざりしながらも、床に蹲《うずくま》って泣いている山陵を見つめた。

「五百万なんて金を、俺がすぐに用意出来ると思ってるのか？」

「……大堂だったら、何でも出来ると思って……」

何でも出来る。明日、セーラー服と学生服のエキストラを二百人用意してくれと急に言われても、大堂はやれるだろう。東北のロケ地に、弁当を百人前、すぐに届けてくれと頼まれてもやれる。新人タレントのサイン会に、いかにも本物のファンみたいな若者を、二百人送り込むことだって簡単にやれた。

何でもやります、やらせます。それが大堂の会社の売りだ。

そして、いつ何が起こってもすぐ動けるように、帯封をされた一千万の金が、社内の金庫に眠っているのも事実だった。

「分かった……。金は貸すが、二度はない。ちゃんと借用書は書いてくれ」

うんざりだった。目の前から思い出の残骸を消し去るのに金がいるなら、さっさと出してしまうことにした。

金は絶対に返らないのは分かりきっている。それだけの金があれば、スタッフ全員を連れてハワイ旅行だって楽しめるのにと思いつつ、大堂は卓上の電話を手にして、内線で秘書の村上《むらかみ》を呼び出す。

「五つ、用意して。借用書書かせるから」

村上は決して、何で、どうしてとは言わない。ただ黙って、金を持ってくるだろう。

それで終わりだ。大堂は過去も含めて、山陵という男のことは綺麗に忘れることにした。

嫌なことがあった日には、飲みに行くことにしている。一人では嫌なので、村上を誘おうとしたらあっさり断られた。

「社長……最近、嫌なことがあった後に飲むと、荒れますからね」

今年三十五になる村上は、どんなに暑くてもスーツを着ているような男だ。銀縁の眼鏡をしているが、その眼鏡が曇ることなどまずなかった。

デスクの上のものが、一センチとずれることはないくらい几帳面だ。今も村上のデスクには、大堂に渡すための書類が置かれているだけだった。

そんな村上が、思いつきで行動するような大堂に、よく従っていると不思議に思う。

「村上、冷たくすんなよ。俺は今、たまらなく傷ついている。競馬でも五百やられたことはねぇよ」

「返らないと分かっていて、何で貸したりするんです？　また勢いで、見栄を張ったんでしょ」

「……見栄じゃない」

目の前からすぐに消えて欲しかったのだ。そのためなら何でもする。五百万で済むなら、それでもいいと思うくらい、大堂は山陵の落ちた姿を見ていたくなかった。

「社長の思いきりのよさは、時には評価に値しますが、今回のはどうでしょうね。私を、交渉の場から遠ざけるからいけないんですよ」

「……おまえに聞かれたくない話だってあるんだよ」

村上がここに来たのは五年前、すでに会社も大きくなってきていて、大堂もやり手の社長らしくなってきた頃だった。

それ以前のことなど、大堂は現在のスタッフにはあまり知られたくないのだ。ましてや夢だらけの高校時代の姿など、何があっても覚られたくなかった。

「気をつけないと、脱税のためのフェイクだと思われますよ」

「んっ……ああ、そうだな。それはいいよ。ともかく、飲みに行こうぜ」

「いえ……すいません。今夜は……」

さりげなく言葉を濁すということは、どうせ誰かと楽しい時間を過ごすつもりなのだろう。

村上のプライベートは知らない。入社のときの条件が、仕事とプライベートの完全な切り離しということだったから、大堂はあえてプライベートには突っ込まないことにしていた。

だから村上が、休日に殺人鬼になろうが、ストーカーや下着泥棒になっていても知らないままだ。もっともそんな悪癖はないらしく、今のところ村上は無遅刻無欠勤で真面目に働いている。

そこに内線電話が掛かってきて、村上は二回のコールを聞いてから、優雅に電話を取った。

「はい……社長でしたら、こちらにいらっしゃいますが……。山陵さんですか？　お見えになってると、はい、伝えます」

「おい。何で、俺に回さない」

勝手に電話を切ってしまった村上に、大堂は抗議したかったが、軽くいなされた。

「お金が戻ってきましたよ。今回は、私が先に先方と会います。社長、今度は暴力沙汰になりそうですから」

さすがによく分かっている。大堂は村上を、最高の秘書だと思った。今、また山陵に会ったら、たとえ金を返されたとしても、殴ってしまいそうだ。

「そうか、戻ってきたのか。どうやら、どっかから金が回ってきたらしいな」

「だと、いいですが。これ、明日の『蕩尽社《じんとうしゃ》』との打ち合わせ資料です。目を通しておいてください」

今、会社を出たら、入り口でまた山陵と出会ってしまうだろう。そこでまた話したりしたくないので、大堂は大人しく自分のオフィスに戻った。そして村上に渡された書類に目を通す。

下着メーカーのファッションショーで、今回はファミリー企画とかで、子供モデルも出るらしい。

「あそこはお得意さんだがな……ガキを使う仕事は苦手だ」

当然、下着姿のモデルも見られるだろう。だったら子供相手は苦手でも、自ら出向こうかなとつい大堂は考える。

もちろん目当ては男性モデルだ。体の綺麗な若い男は、大堂にとって何よりもの好物だった。そんなことを考えていたら、自然と下半身がもやもやしてきた。

「誰か、誘うか」

大堂は携帯を取りだし、今夜一緒に飲んでくれて、さらにはベッドまで付き合ってくれそうな相手を探す。けれど残念なことに、ちょうどいいような相手がいなかった。

「そうか……この間の、誰だっけ、ハヤトか、あれとは揉《も》めたし。トモミは金が絡むからな」

まともな恋人なんてものは、もう十年も作っていない。いつだって大堂は、その場限りの相手とだけ楽しんでいる。

名前しか知らない、いや、ひどいときには名前すら知らなかった。最近は特に、付き合う期間が短くなってきている。原因は何だろう。若い男は好きだが、彼らの宇宙人のような思考に、嫌悪感があるせいかもしれない。

ぼんやり携帯を見ていたが、そのうちに大堂は不用なアドレスを消去し始めた。

名前だけ残しておいても意味がない。会いたいと思えるような相手ではなかったからだ。

「失礼します、社長……」

ドアの外で村上の声がする。金が戻ってきた報告なのかと思っていたら、中に入ってきた村上は、背後に控える若者を示して、いきなりとんでもないことを言い出した。

「借用書だけ戻ってきました。この後は、社長にお願いしますので」

「待てよ。何だ、そのはっきりしない言い方は」

「彼は……山陵さんの息子さんだそうです」

「えっ？」

村上はそこで山陵の息子を大堂のオフィスに招き入れ、自分はさっさと出て行ってしまった。

「……あ……」

どうやら面倒なことになりそうだと思って、村上は逃げたらしい。

「あの野郎。最近、要領がよくなったな」

ドアの前には、大きなバッグを手にした若者が所在なげに立っている。

なるほど、確かに山陵の息子だ。高校時代の山陵に、やはり似ていた。

「借用書だけ戻ってきたって、どういうことかな？」

意味が分からないのでそう聞くと、若者はバッグを床に置き、ジャケットのポケットから、大堂が書かせた借用書の入った封筒を取りだした。

「山陵啓《けい》です……父が、その……借りたお金なんですが、僕が払うということで」

「金なら山陵に貸した。君に貸したんじゃない。その借用書は、親父のものだ」

「いえ、僕が働いて返します……僕にも出来る仕事はありませんか？」

いきなりそう言われて、大堂はじっと山陵啓を見つめる。

可哀相《かわいそう》だが、とても短期間に五百万稼げるほど、価値がある若者には見えない。山陵に似てはいるが、何かが決定的に違う。

何がどう違うのか。しばらく考えていた大堂は、ついに気が付いた。

華がない。

山陵は愚かな夢想家だったが、若い頃は本気でアイドルを目指していただけあって、独特の華やかさを身に付けていた。

息子の啓は、あの頃の山陵よりいい男だろう。顔立ちは整っているし、身長は百七十五ぐらいあって、痩せてはいるが手足のバランスがよくて長い。見栄えはまあまあなのだが、受ける印象は地味で、平凡な若者といった感じだった。

もっとも昔の山陵だって、今の大堂が見たら華などないかもしれない。当時は人を見る目なんてものはなかったので、特別華やかに見えていただけだろうか。

「悪いが、君には無理だ」

「社員として、働かせてはもらえませんか?」

「うちは大卒の初任給は手取り十八万くらいだ。そこからいくら返せる? 毎月五万払えたとしても、十年近くかかるんだが」

「五万は難しいと思います。まず部屋借りないといけないし……そうか……大学、卒業したいなんて思っても、もう無理なんですよね」

項垂《うなだ》れる啓の様子を見ているうちに、大堂は啓の美点を見つけ出した。

山陵よりも落ち着いている。大人を前にしても、変におどおどしていないのがいい。話し方も自然に敬語が出るし、もしかしたら山陵よりも利口なのかもしれなかった。

「なぁ、何だって親父の借金を払うなんて言えるんだ? 君には、そんな義務はないよ」

とりあえず、救いの手は差し伸べておこう。借用書にサインしたのは父親のほうで、この若者には

一切返す義務はないのだからと、大堂はすっかりいい人になっていた。

「今日中に金を用意しないと、父が殺されることになっていたんです。臓器を売ればいいって、大堂さんにも言われたみたいですけど……父はもう腎臓一つしかないし、売り物になるほど健康じゃありません」

「病気なのか？」

「はい。腎臓癌《がん》で去年手術しました。あいつら、金が作れないなら、僕の臓器を売ればいいって言い出して……ずっとやつらに追われてました。父は、僕を守るために必死でしたが、どうしようもなくて、最後にここに来たんだと思います」

「あのな、それが全部作り話だったら、作り込みすぎは嘘臭いって、教えてやりたいとこだけどな」

大堂の言葉に、啓はふっと口元を緩めて笑う。どこか醒《さ》めている、悟りきったような笑いだった。

「作り話ならいいんですけど……そうじゃないんで困ってます。大堂さん、本当に五百万、いや、それ以上に稼げるような仕事、ありませんか？」

「親父は、君の体を売ってもいいって言ってたぜ。それでもいいのか？」

さすがにそれは、山陵も直接息子には言えなかったのだろう。啓はそれを聞いて、不安そうに唇をきゅっと噛《か》みしめていた。

「体売るって、どういうことか知ってるか？　内臓を売るよりは楽だけど、好きでもない男や女相手にセックスするんだ」

「……それしかないっていうんなら……しょうがないです」

「そこまでしてやることはないさ。親父は親父、君は君の人生だ。親の借金の返済義務は子供にはないよ」

「でも、お金があれば、僕は大学を続けられるし……父も療養させられます」

「あんまり良い子の発言するなよ。俺は、そういうの信じられないんでね」

純真だった時代なんてものは、大堂の場合三歳までだろう。

世の中は欲望で動いている。人々は欲望を満たすために、平気で嘘を吐《つ》き、傷つけ合っていた。

汚濁にまみれて生きてきたから、大堂には父親のために、我が身を投げ出す啓の気持ちが分かりようもなかった。

「良い子の発言じゃありません。実は……僕、東京の大学に通ってるんですけど、家賃も払えなくなって、昨日アパート追い出されたんです」

「親からの仕送りなんてあてにせずに、バイトしろよ」

「逆です。バイトしてましたけど、貯金もバイト代も、みんな父に奪われました」

子供の金まで奪い取るようでは、山陵はかなりまずいことになっていたようだ。命を狙われているというのも、どうやら本当らしい。

「大学続けるには、奨学金を受けるしかないけど、今から申し込んで受かるかどうか分からないし、ここで駄目だったら、住み込みで働けるようなところを探します」

そこで啓は借用書を再びポケットにねじ込み、バッグを手にした。そして大堂に、深々と頭を下げてきた。

「貴重な時間を戴《いただ》き、ありがとうございました。借りたお金は、必ず返しますから」

どうやら息子のほうは、山陵と違って諦めもいいらしい。見かけよりも、案外男らしい性格をしていて、ちゃんと頭を下げられる社会性も身に付けていた。

「息子に頭下げさせて、どうするつもりなんだ。山陵は、どこに行った？」

「……分かりません。家も店も、もうないから、どこにも行く場所なんてなさそうなんだけど。僕に渡されたのは借用書だけです」

「酷い親に当たったたな」

大堂の言葉に、啓は困ったように苦笑する。そんな顔をすると、愛嬌があって可愛く見えた。

「君のお母さんは、どうしてる？」

「もう……十年近く前に、離婚してますから。僕も、今、母がどこにいるのか知りません」

「そうか……それじゃあな、頼れるところはどこもなしか」

頼れる相手が誰もいなくて、山陵はついに恥を忍んで大堂のところに来たのだろうか。そう思うと、つい仏心を抱いてしまいそうでまずい。

「まぁ、いいや。とりあえず、今夜は飲みに行かないか？」

「えっ……」

「二十歳過ぎてるんだろ。酒の相手くらい出来るよな」

「はい……」

「腹減ってないか？　愚痴でも何でも聞いてやるから、付き合えよ」

借用書がある限り、啓をお持ち帰りする権利は大堂にはある。けれどここですぐに手を出したら、山陵が狙ったとおりになりそうで嫌だった。

山陵としては、何が何でも啓を大堂に押しつける気持ちだったのだろう。大堂は情に弱いというイメージが、きっと山陵の中にはまだ残っているのだ。

情に篤《あつ》く、いつだってみんなのために動いてくれるリーダー、確かにそれが高校時代の大堂のイメージだっただろう。

けれど今は、損得というものをある程度は考えられる大人になっていた。

啓に手を出すということは、五百万で買ったということになりそうだ。この若者にいきなり五百万、さすがに大堂もそんな簡単に払ってやる気にはなれない。

今、してあげられることは、とりあえず食事をして、今夜泊まる場所を世話してあげるところまでだろう。

それだけだって十分に親切だ。

大堂は立ち上がり、ジャケットに袖を通す。そしてバッグを手にすると、啓の側《そば》に近づいた。

啓は何に驚いたのか、じっと大堂を見つめてから、口を少し開いていた。

「んっ、何？」

「背……高いんですね」

「まぁな。高く見えても百八十五だ」

この身長と甘いマスクさえあれば、今に売れっ子俳優になれるなんて夢を見ていた。けれどそれは、地方都市で育った、純真な若者の儚《はかな》い夢でしかなかった。

啓のことを華がないと思ったが、同じように大堂も、俳優になるには華がなかったのだ。

何本か映画に出たけれど、すべて脇役だった。そこで心底悔しがれば、もっと違った道も開けたのかもしれないが、大堂はあっさりと表舞台を諦めて、制作側に回ってしまった。

むしろそっちのほうが、中途半端な俳優をやるより才能があったのだろう。こうしてオフィスを構え、金に困った旧友からたかられるくらいになったのは、稼いでいる証拠だった。

酔ったら絡む。村上はそう言うが、本人は酔ってしまっているから覚えていない。けれどそういう飲み方は粋じゃないので、大堂としては今夜は深酒しないつもりでいた。

「何が食べたい？」

居酒屋でメニューを示すと、啓は熱心に端から端まで目を通していた。

「好きなものを頼むといい」

「ありがとうございます。お刺身、食べてもいいですか？」

「ああ……いいよ」

若い男と飲むのはいつものことだ。邪《よこしま》な欲望を抱えて飲むときもあれば、純粋に仕事相手として飲むこともある。気を使わなくていいから、大堂は若者と飲むのは好きだ。

今夜は何だろう。本来なら、山陵に対する怒りを宥《なだ》めるために、飲みたかったのではなかったか。

なのにそのトラブルの元と飲むことになるとは、思わぬ展開だ。

山陵は本気で啓が売り物になると思っていたのだろうか。俯きながらじっとしているその様子からすると、とてもアイドルなんて目指していたようには見えない。

「山陵の話じゃ、歌やダンスのレッスン受けてたそうだけど」

「昔の話です。小学校の四年まではやってたけど、どうしてもサッカーやりたくて……やめました」

「親父、怒っただろう？」

「はい……そこでもめたのが原因で、両親は離婚したんです」

言いづらそうに啓は言った。俯くと手入れのされていない髪が、顔を隠してしまう。大堂は思わず手を伸ばして、その前髪をかき上げていた。

すると啓は、驚いたように顔を上げる。

「目を見て話せとまでは言わないが、せめて顔を見せて話すもんだよ」

「す、すいません」

「アイドルにしたかった山陵の気持ちも分かるよ。可愛い顔をしてる。隠すのはもったいない」

慰めるつもりで言ったが、啓は否定するように大きく首を横に振った。

「アイドルって、いつの時代の話ですか。もう、そんなこと考えるだけで恥ずかしいじゃないですか。なりたいと思ったことないし、絶対に無理だと思うのに……」

「親父に強制されてたの？」

「あれは、父の夢です」

山陵はとうに夢なんて捨てたのだと思っていた。けれど自分が叶《かな》えられなかったことを、今度は息子に託したようだ。

その息子に、全くその気がないというのは、山陵にとっては想定外だっただろうか。

「本当に、恥ずかしくて、嫌でした。父は、自分の店で、昔のアイドルの歌真似とか振り真似して、ショーをやってたんです。僕も、小さい頃、無理にやらされてました」

「えっ？　そういう店、やってたのか」

「田舎だから、あれでもよかったんでしょうね。僕が大学まで行けたのは、そんな店でもお客がいたからなんで、文句は言えないんですけど……大堂さんなんかから見たら、恥ずかしさでいっぱいになっちゃうと思います」

　思い出はばらばらになった筈《はず》だ。

なのに大堂は、砕け散った欠片を拾い集めて、再び繋《つな》げ始めている。

　西日の射し込む教室で、山陵はアイドルグループの物真似をして、歌ったり踊ったりしていた。確かあれは文化祭のステージで、クラスの皆でやると決めたからだ。リーダーになった山陵の振り真似は、驚くほど上手くて正確だった。

「そうか……ずっとやってたんだ」

　それしか夢がなかったのかと、今になって侘《わび》しいものを感じる。同時に、山陵の可愛いかった笑顔が思い出されて、何だか居心地が悪かった。

「店は上手くいってたんだろ？」

「僕は、東京にいたから知らなかったけど、病気で入院してから、おかしくなったみたいです。父は見栄っ張りだから、ぎりぎりになるまで言ってくれなくて、分かりませんでした」

　見栄っ張りの負けず嫌いだから、山陵は自分に都合の悪いことは、みんな人のせいにする。そんな性格のせいで、何もかも失ったのだろうか。

啓は行儀よく料理を食べている。山陵はうるさく躾《しつ》けたりしたのだろう。箸の持ち方は完璧だし、食べ方はどことなく優雅だった。

大堂はそこで考える。

アイドルなんて時代じゃない。確かにそうだが、この若者を上手く売る方法はないだろうかと。

やはり大堂は、山陵が思ったとおりの面倒見がいいリーダーなのだ。過去に何があったのかはもうどうでもいい。ともかく、目の前にいる若者をどうにかしてみたくなってくる。

「自分のこと、どう思う？　いい男だと思うか？」

大堂の問いかけに、啓は即座に答えた。

「いいえ、思いません。性格、暗いし……顔だってたいしたことないです」

「顔なんて、整形でいくらでも変えられるよ」

何だかもやもやするのは、啓のこのネガティブな態度だ。意味もなく自信満々でいられるのも嫌だが、逆に暗すぎるのもいらっとくる。

「目は奥二重か。それ、少し弄《いじ》って、はっきりとした二重にするといいな」

鼻はすっとしていていい形だ。唇は薄いから、もう少しぽってりとさせてもいいかもしれない。

そんなことを思いつつ、大堂はさらに啓に指示をした。

「いーってやってみろ」

「えっ……」

「口を開いて、いーっだよ」

言われたとおりにすると、綺麗な歯が口元から覗《のぞ》いた。

「歯列矯正とか、やってたか？」

「はい。子供の頃はやってました」

「歯並び綺麗だ」

啓にとってはいい迷惑だっただろうが、山陵は本気で啓をタレントにするつもりだったのがこれではっきり分かった。ダンスや歌のレッスンに行かせたり、歯列矯正をさせたりするのに、かなり金も掛けたのだろう。

けれどどんなに金を掛けても、本人にやる気があって、さらに強運を持っていなければ、稼げるようなタレントになるのは難しい。

「資本を掛けて……それを回収して、俺にも取り分を回すとなったら、かなり稼がないといけなくなるが、どうする、やるか？」

思いついたことがあって、大堂はそんなふうに口にした。

「えっ？　さっきは、無理だって……」

「金がいるんだろ？」

「はい……」

そこで啓はまた俯く。その肩が小さく震えていた。どうやらいよいよ自分も、体を売ることになるのかと思ったらしい。

そんな姿を見ていると、大堂の中に欲望が生まれてくる。

まるで雨に濡れた子犬のようだ。いいように弄り回したら、どんな反応を示すのだろう。泣くのだろうか。それとももっと可愛がって欲しいと、簡単に腹を見せて媚《こ》びるのか。ふつふつと興味が湧いてきて、妖しい気分になってくる。

けれど駄目だ。ここで啓に手を出したら、山陵にそれだけの男だと思われる。

別に、今更山陵にどう思われようといいのだろうが、やはり大堂にも見栄はある。せっかく頼られたのに、啓をいいようにおもちゃにしただけでは、呆《あき》れられるだけだろう。

さすがにそんな無様なことはしたくない。

「俺にいいアイデアがある。稼がせてやるよ」

「どんなこと、すればいいんですか？」

「どんな……か」

素直で性格はよさそうだ。だが、見かけと違って、とんでもない嘘吐きかもしれない。

まずはしばらく側に置いて様子を見るべきだと、大堂は冷静になっていた。

「大学は休学中か？」

「このままだと、そうなりそうです」

「これまでどおり通ってもいい」

「いいんですか？」

何を学んでいるのか知らないが、途端に啓の顔がぱっと明るくなった。

「いいよ。それと……またレッスン再開だ」

「……」

どうやらそれは気に入らないらしく、すぐにまた顔は暗くなっていた。

「嫌なことだってやらないと、金は転がってこないぞ。好きなことだけやっていていい立場じゃないだろ？」

少し声を強めて言うと、啓はきゅっと唇を嚙みしめて頷《うなず》いた。

「そうですね……頑張ります」

やはり素直だ。性格もいいに違いない。そう思った大堂は、啓が山陵の息子であることを残念に思った。

山陵が絡んでいなかったら、すぐに手を出せた。今夜からでもすぐに、ベッドに引きずり込めたのにと思うと、つくづく残念だ。

「あの……すいません。住むところを決めないといけないんで、また……お金……借りられますか」

「ああ、それなら心配しなくていいよ。俺の家に住めばいい」

「えっ？　だって、その……まずいですよ。奥さんとか、子供さんとかいるんでしょ」

そこで大堂は、苦笑いするしかなかった。

どうやら山陵は、大堂の正体までは啓に話していかなかったらしい。

「いないよ。部屋は空いてる。ただし、掃除とかしてくれ。俺は、あまり家事をしてる時間がないから」

時間がないのは本当だが、家事などはあまり得意じゃない。そういったことが得意な男と付き合っている間は、家も綺麗になっているが、いなくなると途端に散らかり始める。

今は業者を頼んでいるが、それでも毎日ではなく週一だったから、綺麗に過ごせるのはせいぜい週のうち二日だった。

「マンションじゃない。一軒家だ。掃除する場所ならたくさんあるぞ」

「が、頑張ります」

良い子だなと思えてしまう、素晴らしい返事だった。

結婚して、自分の子供を育てるなんて、大堂は一度として考えたことがない。だが、二十歳ぐらいで結婚していたら、啓と同じくらいの年頃の子供がいるのだろう。

これまで若い男といえば、性欲の対象でしかなかったのに、そんなふうに考えないといけなくなったのかと、大堂は唖然《あぜん》とした。

こうして二人で飲んでいても、上司と部下に見られるよりも、親子とかに見えてしまうのだろうか。

「まずいな……」

「何か？」

啓は真剣な顔をして、大堂の次の言葉を待っていた。

「まずいよ……」

そんなバカなことがあるものかと、大堂はウィスキーソーダを一気に呷《あお》る。

何があっても、人から啓のことを、息子さんですかなんて言われたくない。そのためにも啓には、決して父親のように接してはいけない。

手は出せなくても、優しい恋人の雰囲気でいればいい。

間違っても、父親のように慕われるなんていうのはごめんだった。

思い出を引きずりたくはない。いつもそう思うけれど、やはり引きずってしまう。

山陵啓は、レッスンスタジオのフロアに立って、悲しい子供時代のことを思い出してしまった。

ダンスのレッスンに来るのは、いつだって女の子ばかりだ。ダンスを習っているなんてなったら、それだけで学校ではいい笑いものだった。だから、出来るだけレッスンに通っているのも、知られないようにしていた。

それでも十歳までは頑張った。父の喜ぶ顔が見たかったからだと思う。

けれど十一歳になった途端に、すべてが忌まわしく思えてきて、レッスンどころか父の店に近づくことすら出来なくなってしまった。一気に拒絶反応が出てしまったのだろう。

あれ以来、ダンスなんて踊っていない。また踊ったら、気分が悪くなるのだろうか。

けれどここで逃げることは許されなかったから、啓はきつく唇を噛みしめて、震えている体をまず落ち着かせようとした。

「山陵啓君、ダンスは初めて？」

近づいてきたインストラクターに訊かれて、啓は曖昧に微笑む。

あれは経歴の中に入るのだろうか。いや、とても経歴なんて呼べない。ただの恥ずかしい黒歴史でしかない。

きっと有名なダンサーなのだろう。鍛え抜かれた、素晴らしい肢体の女性インストラクターが、このスタジオのオーナーだった。

大堂の紹介というだけで、初心者なのに厚遇されている。しかも大堂が手配してくれたのか、ウェアやシューズも入ったその日に、すべて用意されていた。

「五歳から十歳まで……やってたんですけど、その程度はやっていたって言えませんよね」

「そうね。じゃ一番後ろに回って、みんなの見てやってみてね。後で、個人レッスンのスケジュールを組みましょう。頑張ってね」

それだけ言うと、彼女は啓の体に優しく触れてから、皆の前に出て行く。

スタジオにいるレッスン生は華やかだ。全員がプロではないのだろうが、ダンスも決まっていて無駄がない。会話も都会で暮らす人達らしく、粋な雰囲気だった。

あの田舎町で、恥ずかしげもなく昔のアイドルの物真似なんてやっていた父が、どうして大堂みたいな男と親しかったのだろう。

大堂と高校時代に特別親しくて、今でも交遊は続いていると父から聞いた。けれど、それはいつもの嘘だ。父はいつだって、見栄を張るために平気で嘘を吐く。

たいして親しくもなかっただろうに、大堂は五百万という大金を貸してくれた。父には金を返すあてなんてないのに、どうして貸してくれたのだろう。

父はあの後、金だけ持ってどこかに消えてしまったが、そのことで非難めいたことを大堂は口にしない。それどころか啓を自宅に住まわせてくれ、レッスン代から食事代、大学に通学するための小遣いまで、すべて出してくれているのだ。

金があるから、あんなに鷹揚《おうよう》なのだろうか。

それとも父が頼っただけあって、大堂という男は元からああいう太っ腹な男なのか。

啓がこれまで知っていた男達とは明らかに違う、器の大きさを大堂には感じる。

そんな親切な大堂に、これ以上迷惑は掛けられない。それにはまず、大堂が望むような、売れる人間になることだった。

心はそう思っても、啓の体は簡単に裏切る。やはりダンスのセンスなんて元からないのだ。音楽に合わせて、皆が踊り出すけれど、啓はついていくだけでやっとだった。

大堂は背も高く、近くで見るとびっくりするほどいい男だ。そんな大堂でさえ、プロの俳優として続かずに挫折したという。

だったら自分程度の男ではどうなのだ。

啓はスタジオの鏡に映し出された、ほっそりとした自分の姿をじっと見つめる。

とてもではないが、借りた金を返せるだけの魅力的な男には見えない。これでは体を売ることだって無理だろう。買い手が付く筈もなかった。

「何で、ダンスやろうと思ったの？」

休憩時間に、年上の女性から訊ねられた。

「バイトで必要になって、それで始めたんですけど、僕、酷いですよね」

「うん、酷いね」

髪を高い位置で束ねた女性は、けらけらと笑った。つられて啓も思わず微笑む。

「すっごい恥ずかしい……」

「そんなに恥ずかしがることないよ。大学生？」

「はい……」

「すぐに追いつくから大丈夫よ。バイトって、どんなバイト」

答えたくても、啓にはすぐに答えられない。何をやらされるのか、全く知らされていないからだ。

「プロモーションビデオみたいなやつ」

適当に答えるしかなかったが、それで彼女は納得してくれたようだ。

大堂の家で暮らすようになって、今日で五日になる。大学を休学することもなく、そのままこれまでどおりに通っていた。

けれどその合間に、昨日はボイストレーナーが付いて、スタジオで歌のレッスンをした。そして今日が、ダンスのレッスンだ。

来週には、歯科医の元で歯石を取ってもらい、歯を白くする。

どうやら大堂は、ただ体を売らせるようなことはしないつもりらしい。では、どうやって売るつもりなのだろう。タレントとしてだろうか。

だが、啓は自分が普通のタレントとして通用しないと思っていた。どんなに上っ面だけ磨いても、中から輝くものがなければ、稼げるようなタレントになんてなれっこない。

それに啓には、人を押しのけてでも目立とうという、タレントにもっとも必要とされるような情熱もなかった。

再び、ダンスの時間になる。今度は少しだが、体が音楽についていけた。練習を重ねれば、もう少しましになるかもしれない。だが、ましになったところで、ダンスパフォーマンスをやる少年達の足下にも及ばないだろう。

さすがに疲れた。これならまだ、大堂の家の掃除をしているほうがずっと楽だ。広い家ではあるが、余計なものが置かれていないので、掃除もしやすい。週に一度、プロが掃除してくれているから、綺麗になった状態を維持すればいいだけだ。

三階建てで地下に駐車場がある大堂の家は、かなりハイセンスな住宅だが、あれは主《あるじ》の大堂の趣味なのだろうか。着ているものもいつもセンスがいいが、住まいもいかにもそんな大堂が住むのに相応《ふさわ》しい家だ。

比べてはいけないと思うが、どうしても自分の父と比べてしまう。

啓が十歳のときに両親は離婚したが、それまでは小さいながらも庭付きの持ち家に住んでいた。それが父と二人きりの暮らしになった途端、二間しかない古びたアパートに引っ越したのだ。

それまであった子供部屋なんてものはない。隣の部屋の音は筒抜けで、聞きたくもないのに隣家の夫婦のあのときの声まで聞かされた。

最初からそういった環境で育っていたら、それほど悩むこともなかっただろう。だが啓は、それまではそこそこ裕福に暮らしていたのだ。

父より七歳年上の母が、実は稼ぎ頭だった。父がやっている店は、決して儲《もう》かっているような店じゃない。生命保険会社に勤務する母が、実は家計のほとんどを支えていたことを啓が知ったのは、親子して母に捨てられた後だった。

友達を家に呼ぶこともなくなって、啓はどんどん暗い子供になっていった。あれだけ楽しみにしていたサッカークラブに通うこともやめてしまって、家でゲームをしているだけの生活になってしまったのだ。

嫌な思い出が、ダンスのステップと共に蘇る。

母といれば、もう少しましな暮らしだっただろうか。どうして母は、自分を捨てていったのだろう。その後、再婚したことから考えると、当時から別の男と付き合っていたのかもしれない。

無理もないだろう。母は息子の啓から見ても、華やいだ美人だった。あの父とでは、釣り合わないと思ってもしょうがない。

同じ高校に通っていたというのに、父と大堂のこの違いはどうだろう。つい比較してしまうが、そんなことをすればするほど、父の惨めさが顕著になるだけだった。

「ねぇ、ご飯、食べていかない？　オーガニックだけど、おいしいお店があるんだ」

レッスンが終わると、さっき話し掛けてきた女性が親しげに誘ってきた。

いつもの啓だったら、ここですぐにふらふらとついていくだろう。けれど今は大堂に世話になっているのだ。帰ってすぐに掃除をして、風呂の用意をして大堂の帰りを待つつもりだった。

「誘ってくれてありがとう。これから……またバイトなんです」

相手を傷つけないように、笑顔で本当に申し訳なさそうに断る。

こういった愛想の良さだけは、父から譲られた美点だと啓も認めていた。

「そう。じゃ、今度、バイトのないときにね。頑張って……今は下手でも、諦めたらそこで終わりなのだ」

明るく言った後に、彼女はさりげなく啓にボディタッチをするのを忘れない。それを嫌がることもなく、啓は笑顔で軽く手を振って応えた。

着替えようとロッカールームに向かったら、そこの入り口に大堂がいたので啓は慌てた。

「大堂さん、見てたんですか？」

「んっ……まぁな」

大堂を知っているのか、レッスンに来ていた何人かが挨拶していく。大堂は軽く頷いては笑顔を向けていた。

踊れる人間達を見ている大堂からしたら、啓のダンスは酷いものだっただろう。

「恥ずかしいです。わざわざレッスン受けさせてくれたのに、そういうのに値しないと、自分でも思います」

「いや……そんなことはないよ。それより……誘われてただろ」

大堂はちらっと、ロッカールームに向かう先ほどの女性に視線を向けた。

「あ、オーガニックのおいしいお店だそうです」

啓は素直に、誘われたことを告げる。

「いきなりでもてでるな」

「いえ、そういうのじゃありませんよ。僕は、何か誘いやすいオーラがあるみたいなんで」

昔からそうだった。それこそ近所のおばちゃん達から同級生まで、よく女性から誘われる。だから啓にとって女の子から誘われるのは、特別なことではなかった。

「誘いやすいオーラか。確かに、あるみたいだな」

大堂はそう言うと、啓のことを頭の先から足先まで、じっと見つめる。見られている間、啓は真っ赤になって俯いていた。

「料理とか出来るか？」

「え……は、はい」

「それじゃ、何か食材を買って帰ろう」

大堂は、急げというように啓の体をロッカールームに押し込む。慌てて着替えながら、啓は自分の体が汗臭くないか、何度も鼻を近づけて確認していた。

なぜだろう、大堂の前ではみっともない姿を晒《さら》したくない。あの家が大堂に相応しいように、そこに住まわせてもらっている自分も、恥ずかしくない男でいたかった。

何でいきなりそんなことを口にしたのだろうか。まさか啓の手料理を食べたいなんて思ってくれたのか。だったら期待に応えて、おいしいものを作りたい。

「料理か……」

だが料理のレパートリーなんて、そんなに多くはない。父は店で出す料理はまめに作ったが、自宅にいるときは何もしなかった。料理をわざわざ教えてくれるようなことはなかったので、店の厨房《ちゅうぼう》を手伝ったとき、見様見真似でどうにかやっているうちに、まともなものを作れるようになったのだ。

「でも……大堂さん、おいしいものたくさん知ってるよな」

そんな男にいったい何を作って出せばいいのだろう。

着替えて出ると、大堂は数人に囲まれて楽しそうに話していた。皆、大堂がどんな仕事をしているか知っている。何かのイベントのときに、呼んでもらいたいと思う下心もあるのだろう。媚びが感じられて、啓は不快になった。

もっとも自分だって、大堂に媚びて助けてもらったのだ。たまたま父が知り合いだったからなのか、なぜか優遇されているけれど、啓も本来なら彼らのように大堂に気に入られようと、さらに媚びないといけないのだろう。

だが大堂は、やたら媚びるだけの若者なんて好きじゃないに決まっている。そんな気がするけれど、違っているだろうか。

「おっ、着替えたか」

そこで大堂は啓に気が付き、近づいていった啓の肩に自然に手を置いてきた。

大堂を取り巻いていたレッスン生の顔が、一瞬、歪《ゆが》んだように感じられた。今回、大堂に選ばれたのは自分達じゃない。あのダンスもまともに踊れない若者が選ばれ、どこかでチャンスを手に入れるのだと、啓に対して冷たい目を向けてくる。

そんなに心配することはないんだ。どうせ、君達の永遠のライバルになるわけじゃない。ともかく借りた金の分だけ働いたら、大堂の元から去るのだから。

そう教えてやりたいが、啓は大堂に肩を抱かれたまま、レッスンスタジオを後にした。

「すいません……ダンスも下手で」

項垂れる啓を連れて、大堂は高級食材を扱っているスーパーへと、振り返りもせずに入っていく。

「別に啓をダンサーにしたいわけじゃない。それより……重要なのは、あそこでも誘われていたってことさ」

「えっ……？」

食事に誘われただけなのに、大堂は何か勘違いしたのだろうか。この誤解はすぐにでも解かねばならないと啓は焦る。

「誘われても、行くつもりはありませんでした。すぐに帰るつもりで」

何を必死になっているのだろう。大堂も呆れたのか、そんな啓をじっと見つめている。

「別に非難はしていないよ。ああいう年上の女性に、啓がもてるってことさ」

いつの間にか自然に啓と呼ばれるようになった。大堂の少しハスキーなテノールでそう呼ばれると、何だかぞくぞくした喜びを感じてしまう。

何でこんなに大堂のことを意識してしまうのか。自分でもよく分からなくて、啓は戸惑う。

大堂にとって啓は、貸した金を取り返すために必要な駒でしかない。そんなことは分かっているのに、余計に意識してしまうのが悲しい。

「何が作れる？」

食料品を入れるカートを押しながら、大堂は聞いてくる。

「えっと……パスタとか……ショウガ焼きとか、簡単なサラダとかなら」

「じゃあ、パスタとサラダにしよう。必要なものここに入れて」

「あまり上手じゃないけど、いいんですか？」

「ああ、料理している啓を見たいだけさ」

「……」

そんなことを言われて、舞い上がってはいけない。

大堂が何を考えているのか、啓には全く分からないのだ。歌やダンスのレッスンを受けさせるのと同じように、料理もまた試験のように見るつもりかもしれなかった。

「大堂さん、家で料理なんてしないでしょ？」

「ああ、しないな。だからキッチン、汚れてないだろ。料理してくれるような相手がいるときだけ、キッチンにも利用価値が出る」

「今はそういう人、いないんですか？」

キッチンはいつも綺麗だ。冷蔵庫も中は空っぽで、飲み物ぐらいしか入っていない。

それは大堂の家に、足繁《しげ》く通ってくる恋人の存在がないということだ。

「いたら、啓を引き取ったりしないだろ」

大堂はワインコーナーで立ち止まり、次々とボトルを手にしてはラベルを読んでいる。そんな姿も大堂だと様になっていて、買い物に来ていた女性客がちらちらと見ていった。

こうして二人で買い物なんてしていると、大堂と親子に見えるのだろうか。大堂に憧れているけれど、親子に見られるのは嫌だ。

どうせなら恋人同士のほうがいい。

そう考えてしまった啓は、一人で真っ赤になっていた。

そんなこと考えてはいけない。大堂にとってはいい迷惑だ。大堂だったら、いくらでも相手なんて選び放題なのだ。だから今も、特定の相手を作らずに独身のままでいるのだろう。

「何だよ、ダンスが下手だからって、そんなに赤くなったり青くなったりしなくてもいいよ」

大堂に笑われた。どうやらまた誤解されたらしい。

「見たいのは、どれだけ真剣に取り組んでいるかだから」

「あっ……はい」

「何でこんな恥ずかしいことばっかりやらされているんだと、内心じゃ思ってるだろ」

「いいえ、何をすればいいのか、分からないので困ってるだけです」

とりあえず今からはパスタ料理を作るのだ。大堂は何本かのワインをカートに入れて、先へと進む。

その後に従いながら、啓は訊ねていた。

「大堂さん、どんなパスタが好きですか？」

「どんな？　そうだな、あっさりしていて、ヘルシーなのがいいな」

「じゃボンゴレとかにしますか？」

「ああ、いいね。お洒落じゃないか」

大堂はいつもお洒落なものを食べているのだろうか。おいしいと言わずに、お洒落と言うところが気になる。

これまでの食事は、すべて外食だった。朝は大学の側のカフェで済ませ、昼は大学の食堂を利用している。夜に大堂と食事したのは、最初の居酒屋と寿司屋に連れて行ってもらった二回だけだ。

都会の寿司屋で、カウンターに座り好きなものを頼む。そんな贅沢《ぜいたく》はこれまで一度もしたことがない。なので啓は、ほとんど食べられなかった。一つ頼むといくらするのか、恐ろしくて注文など出来なかったのだ。

あまり食べなかったから、大堂に小食だと思われたかもしれない。だが啓は、いつもなら誰かに誘われたときはよく食べるほうだ。相手が大堂だと、どうしても意識して緊張してしまう。

パスタに香辛料、オリーブオイルにバターにニンニク、サラダ用の野菜など買ったら、カートの中は結構な量になった。それを押しながら、大堂の後をついて歩く。

「遠慮しなくていいよ。家にいるときに、食べたいものはない？ 飲み物は？ 朝食用のも買っていこう。好きなのを選ぶといい」

「でも……」

無一文とはこういうことを言うのだろう。バイトで貯めた僅かな貯金も、父に奪われた。終《しま》いには、部屋にあった荷物のほとんども売られてしまったのだ。

何よりもショックだったのは、昔からお小遣いを貯めては買い集めていたゲームや、バイトしてやっと買ったパソコンまで、綺麗に売られてしまったことだった。

父を責めたけれど、金を返さないと殺されるとまで言われたら、何も言えなくなってしまった。

内心では、おまえのせいでそうなったんだから、さっさと殺されて来いぐらい残酷なことは思ったが、それをそのまま口にするように啓は育っていない。

金、金、金、毎日のように掛かってくる父からの電話は、そんな内容だった。家賃を滞納してでも、バイト代を父に渡してきたけれど、本当にそれでよかったのだろうか。

「暗いな……」

気が付いたら、大堂の指が顎に掛かっていて、そのまま上を向かされていた。

「顔が暗いよ。笑って……ほらっ、楽しそうに」

そこで啓は、にっこりと微笑んでみせる。

「こうしよう。俺が見たときに、今みたいに笑っていたら五百円払う」

「えっ……そんなことしなくても」

まだ何も働いていないのに、大堂からお金をもらうことを心苦しく感じていたから、そんなことを考えてくれたのだろう。その優しさは嬉《うれ》しいが、あまりにも破格の扱いだった。

「啓の笑顔が好きだ。だから、いつも俺が見ているときには、笑っていてくれ」

「……だったら、百円でいいです。本当なら、どこの店だって、スマイルはゼロ円ですから、これでも高すぎると思うけど」

「ワンスマイルじゃ、ドリンクも買えないぞ」

「だって……大堂さん、何回も僕を見るかもしれないし……」

自惚《うぬぼ》れていると捉えられただろうか。何回も見て欲しい気持ちはあるのに、そんなことを言ったらもう見てくれなくなるかもしれない。

「そうだな。何回も見ていたら、破産するかもしれないな」

笑いながら大堂は、啓の顎に添えた手を巧みに動かして、さっと親指で啓の唇をなぞった。その瞬間、啓の全身は電流が流れたかのように震えていた。

どうしてそんな妖しい動作を、さらっと決めてしまうのだ。

啓の心は波立ち、しばらくの間平常心でいられなくなる。

「ちゃんとカウントしろよ」

いきなり振り向いて、大堂は啓の笑顔を確認する。まるで条件反射のようにして、啓は笑顔を返していた。

「よし、その調子だ。俺を破産させるぐらいの勢いで、笑っていてくれ」

笑うのなんて簡単な筈なのに、いつものように気軽に笑えない。どうせなら大堂には、最上の笑顔を見て欲しかった。

大堂が拾ってくれなかったら、どうなっていただろう。今頃は親子でホームレスだろうか。それとも内臓を狙われて、殺されていたのかもしれない。

父は何でも大げさに言う。だから借金の額も、実際はそんなにたいした金額ではないと思っていた。

借金で命を狙われるなんて、本当にあるのだろうか。父があんまり真剣な様子で口にするから、つい信じてしまったが、世慣れた大堂から見たら、バカバカしく思えただろう。

「親父のこと……心配してるのか?」

啓のためなのか牛乳や野菜ジュースを選んでくれながら、大堂はそれとなく訊いてくる。

精一杯の笑顔になって、啓は軽く首を横に振った。

「心配してもしょうがないです。電話も掛けてこないし」

アパートを追い出された後、駅前のインターネットカフェで待っているように言われた。そしてやってきた父に、いきなり大堂のオフィスに行くよう指示されたのだ。

それ以来、父からは何の連絡もない。

「大堂さんの借金返したら……もう、父とは絶縁するつもりです。二十歳になっているから、そういうことも可能なんでしょ？」

親は子供を平気で捨てるけれど、子供は親を捨ててはいけないのだろうか。

「そうだな。縁を切ったほうがいいかもしれない。今回の借金の問題よりも、そっちのほうが先だ。甘やかしておくと、もしこの先、啓が稼げるようになったら、ずっと狙われるぞ」

カートの中には、次々と品物が入れられていく。食料品が終わると、今度は啓のための整髪料やシャンプーまで、大堂は選び始めた。

「シャンプー、自分用が欲しいだろ。どれがいい？」

「これで……いいです」

一番安いのを手に取ると、大堂は途端に眉を上げた。

「時間を取って、ヘアカットにも行こう。そこのサロンでシャンプーを買ったほうがいいな」

「高いですよ」

「だから？　啓はこれから稼いでくれるんだろ？」

「でも……何をすればいいんですか」

「それはこれからのお楽しみさ」

夢のような買い物だ。好きなものを好きなだけカートに詰め込んで、支払いにビクビクすることなくレジに向かう。

投資に見合う人間になりたい。そのためには、何をどう努力すればいいのだろう。とりあえず思いつくのは、もう少しダンスが上手くなることだけだった。

大堂の家に戻ると、まず料理をした。キッチンで忙《せわ》しなく動いている間、大堂は買ってきたワインのコルクを抜き、ちびちび飲みながら啓の仕事を見守っている。

手伝ってくれる気はないようだ。何だかテストされているようで、啓は気が抜けない。

「慣れてるな。手際がいい」

さりげなく褒めながら、大堂はチーズを切ってつまみにし、さらにワインを空けている。

「女の子には、よく誘われるんだろ？」

またその話だ。啓は手早くサラダ用野菜の水切りをしながら、思わず怒ったように答えていた。

「誘われますが、ご飯食べたり、お茶飲むくらいですよ」

「そこが不思議なんだ。セックスは？　したことあるんだろ？」

啓は真っ赤になって、大きく首を左右に振る。

「嘘だろ？　女の子に誘われて、何もしないの？」

「家まで送っても、中に入ったことはありません」

「何で？　セックスしたいと思わないのか？」

「……思いません」

それは本当だ。啓にとって女の子は、付き合いやすい友達でしかない。そういうふうに口にすると、嘘を吐いているように思われるだろうが、性的な興味はなかった。

「それじゃ……ゲイ？」

大堂は探るように訊いてくる。そこで啓は、すぐにまた首を大きく横に振った。

「そっちもないです。あんまり、そういうことに興味なくて」

「草食通り過ぎて、枯れてるのか？」

啓は曖昧に笑って誤魔化すしかない。

パスタを茹《ゆ》でながら、そういえばまともな恋愛感情を抱いた相手は、ゲームの中のキャラだけだったことに気が付いた。

「そうか……何か足りないと思ったら、色気だよな」

大堂はそこで一人で納得している。

「性欲はあるんだろ？」

「……たまには、自分でやりますけど、そんな程度です」

やはり大堂は、啓を誰かの愛人として売りつけるつもりなのだろうか。そうされても文句は言えないが、やはり悲しい。

どうせなら大堂の愛人にしてくれればいいのにと思ってから、啓は気が付く。

こういう発想をするからには、ゲイと思われてもしょうがないのではないだろうか。なのに自分のセクシャリティすら、実はよく分かっていない。

「じゃあ、啓はどんなタイプが好きなんだ？　タレントとかアスリートとか、いろいろいるだろ」

啓にも飲むようにと、ワインを勧めてくれながら、大堂は訊いてくる。

「よく分かりません。好きなのはゲームのキャラぐらいかな。両親が離婚した十歳頃からは、ずっと毎日ゲームだけやっていたもので、どこに現実の世界があったのか、よく分からないくらいです」

その体がすぐ近くにあって緊張したせいか、危うく最上のアルデンテの瞬間を逃がすところだった。

すぐにパスタを上げて、ボンゴレソースの入ったフライパンに入れる。手早く混ぜてから皿に取り、アサツキと貝割れ、それに海苔を散らした。

「出来ました」

「うん、旨《うま》そうだ」

そのまま出来上がったものを、ダイニングテーブルに運んだ。そこでやっと啓は、ワインを口にする。白ワインは爽やかで、とてもおいしい。啓はボトルを手にして、その銘柄を確かめた。

大堂と食事するとき、ボンゴレにはこのワインだとしっかり覚える。

「高校は行ったんだろ？」

「いえ……高卒認定受けて、大学に行きました。高校は行ってません」

「はっ？　高校に行ってないのか？」

「中学も、ほとんど学校に行かなかったから」

正直に話してしまったが、内心では後悔している。こんな話を聞いたら、大堂はきっと啓に対して激しく失望するだろう。

「学校行かずに、よく勉強出来たな」

「……勉強は、そんなに難しくないです。それより僕は……人といるほうが苦手です」

「だって、大学はちゃんと行ってるんだろ」

「はい。大学は地元じゃないから……誰も僕を知らないし……ゲーム関係の仕事をしたいんで、何が何でも大学は卒業したいです」

　母に捨てられてから、ゲームばかりしている生活になった。それで父に叱られたことはあまりない。何度か担任が家を訪れたけれど、何を言われても夢の中で聞いているような感じしかなかった。あの惨めな家に、友達なんて呼べない。生活の落差を、友人に笑われているような気がして、啓は学校に行けなくなったのだ。

　中学を卒業してからは、意を決してゲームソフトを販売している店でバイトを始めた。自分用のパソコンが欲しかったからだ。

　そうやって必死になって買ったパソコンも、父は驚くほどの安値で売ってしまった。パソコン自体はもう古かったし、惜しいとは思わなかったが、自分が試しに制作したゲームを、楽しむことすらもう出来ない。

「父にゲームもパソコンも売られてしまったから、最初はどうしたらいいのか分からなかったんです。自分が生きているのか、死んでいるのか……それすら分からなくて」

「ちゃんと生きてるよ。ボンゴレ旨いぞ。短時間で要領よく作った。いい腕だ」

「あ、ありがとうございます……」

大堂に褒められた。それだけで啓の気持ちは一気に跳ね上がる。

「父の店でも、これ、人気だったんですよ」

何でもありなのが売りの、田舎町のパブだ。父は客の我儘《わがまま》に応えて、何でも作った。けれど啓のためにはカレーですら作ってくれたことはなかった。

逆に啓のほうが、店が忙しいときには厨房を手伝わされた。ダンスを踊らされるのと違って、厨房は誰とも話さなくていいから、引きこもりの啓でもどうにかやれた。そのおかげで、料理もそこそこ出来るようになったのだ。

「どうも、よく分からないな。山陵は、啓を高校にも進学させなかったのか？」

「ダンスのレッスンやめた頃から、父とはほとんど会話がなくなって……ずっとゲームしてても怒られないから、毎日、ゲームだけやってました。なのに、おかしいですよね。みんな売り払われて、ゲームやれなくなっても、普通に生きてるっていうか」

大堂は明らかに不愉快そうだ。やはりこんな話はするべきじゃなかったと、啓は項垂れる。

「なぁ、そんなんで生きていて楽しい？」

「そうですね……楽しいことって、よく分からなくて。このままじゃ、確かにあんまり楽しくないのかもしれないけど」

「女の子に誘われたら、そのまま恋人同士になりたいとか普通は思うもんだけどさ。それも出来なかったのは、生き方が問題なんだと思わないか？」

女の子達は優しいから好きだ。一緒に食事をして、他愛ない話をしているだけならいくらでも付き合える。

啓のほうに下心がないから、女の子は安心して啓を誘うのかもしれない。

「こんな人間ですいません。大堂さん、がっかりしたでしょ」

「いや、若いのに礼儀正しいし、何か変だなと思ってたんだが、そうか……学校に行かなかったんだ。だけどバイトはしてたし、女の子とも普通に話せるんだよな？」

「はい……」

「俺が啓の保護者だったら、ケツをひっぱたいても学校に行かせてただろう。それがいい結果になったかどうかは分からないが、少なくともセックスに興味を持つくらいには育ってたさ」

そんなにセックスは大切なことなのだろうか。大堂が何度も口にするくらいだから、大切なことなのだろうけれど、啓はそれよりももっと大切な何かがあるような気がしていた。

「そんなに……セックスって大切なんですか」

「ああ……色気が必要なんだ。それにはサラサラじゃなくって、ドロドロの部分も必要なんだよ」

「それが何かの役に立つんですか？」

それよりもおいしい料理を作れることとか、楽しいゲームを作れることを評価して欲しいと思ったが、ゲームに関して今の啓には、大堂に自慢のテクニックを見せることも出来ないままだ。

大堂はそこでパスタを平らげ、サラダも綺麗に完食した。ワインもなくなったので、啓は急いで食事を終えて片付ける。

「コーヒー淹《い》れてくれないか？」

「はい……」

ポットに水を入れ、スイッチを入れる。そして皿を洗ってから、コーヒードリップをセットした。

こんなことはすぐに出来る。大堂もそれは認めてくれているようだ。だが、メイドのようなことだけであの金は返せない。

「ゲーム作れるんなら、恋愛ゲームとかあるのは知ってるだろ？」

「知ってますけど、僕はやりません」

「やらなくてもゲーム制作者として考えてみてくれ。肉食女子に飼われるペットの男だったら、どんなのがいい？」

「えっ……」

何かもやっとした。もしかしたらこれが大堂の用意していたものなのだろうか。そんな気がして、啓はコーヒーを淹れながら必死に考える。

「男の脳と女の脳は違う。男はグラビアで抜けるが、女は男の裸を見たぐらいじゃいかない」

大堂は啓を見ずに、独り言のように言う。

「もっとサービスが必要だ。女が抱きたい男になるには、何が必要だ？」

「……色気ですか？」

「そうだ。だけど、俺が考えてるのは、これまでみたいにセクシーなだけの色男じゃないんだ。女が飼う男。疲れたおねぇさま達が欲しがる、優しい癒《いや》し系男。女に家と書いたら嫁だが、男と嫁と書いた新語を造る。『およめ』とでも読ませるかな」

そこで大堂は、くすっと笑った。自分のアイデアに、自ら受けたのだろうか。

「もしかして……その『およめ』が、僕ってことですか？」

女の子に誘われたことをしつこく聞いたり、いきなり料理を作らせた真意は、そんなところにあったのだろうか。

「ああ、そういうこと。女の子向けのオナペットさ。男達が、裸エプロンの巨乳娘のビデオを観るように、裸エプロンで調理する男のビデオを女の子が観てもいいだろ？　現実に誰かの『およめ』になれってことじゃない。ゲーム感覚で、まずイメージを売り出すんだ」

「僕で売れると思いますか？」

「売らないとしょうがないだろ？　他にどんな売り方が出来る？　歌もダンスも駄目。芝居をやるには、対人関係が難しい。色気もないから、愛人にもホストにもなれない。少しはましなとこっていったら、掃除に料理だ。こんな、だめだめな僕ですけど、誰か『およめ』にしてください。それなら、どうにか売れる」

饒舌《じょうぜつ》な大堂の言葉に、啓は何も口を挟めなくなっていた。

まさかそんな売り方を考えてくれていたなんて、意外ではあったが嬉しかったのだ。

「俺の会社は、タレントを個人的に売り出したりはしないんだ。本職と外れることをやるんだから、会議にかけて社員にも納得してもらわないとな」

コーヒーをマグカップに注ぎ、大堂の前に置く。すると大堂は、啓の腕をいきなり摑《つか》んできた。

「脱いで……」

「い、今ですか？」

「ああ、脱げよ。体を見せてくれ。女が抱きたくなるような体か、確かめないと」

「む、無理です……こんな体じゃ」

「じゃあ、どうやって金を返すんだ？　こんな体で駄目だったら、もっと体を鍛えればいいだろ。俺だって考えてるんだ。そっちも少しは真剣に考えてくれよ」

「そうでした……」

大堂には逆らえない。そこで啓は覚悟を決めて着ているものを脱ぎ、それを丁寧に畳んでリビングのソファの上に積み上げていった。

痩せすぎだという自覚はある。誰かと食事をすればきちんと食べるが、一人だとほとんど食べない。特にゲームをしていると、全く食べない日もあった。

「女性は普通、逞《たくま》しい男が好きだと思われている。だけど、牡《おす》臭い男を嫌う女が増えてきたと思わないか？　これは現代だけのことじゃない。江戸時代には、男相手に体を売っている陰間って呼ばれてる若者達を、女達も買っていた」

コーヒーを旨そうに啜《すす》りながら、大堂は啓に向かってレクチャーしてくれた。それは啓などが全く知らない世界の話だった。

「エロを追求するなら、女性だって今は好きなだけＡＶだって観られる。だが、それだけじゃないだろ。甘い夢を見たいと思ったときに、可愛い男の子の笑顔があったら、癒されないか？　俺が売りたいのは清純な妄想だ。男が部屋に水着姿のアイドル写真を飾るみたいに、女の子が手軽に観られるような妄想男子が欲しいんだ」

「……はい……」

すべてを脱ぐと、股間だけ手で隠して大堂の前に立った。するとすぐに大堂から叱責が飛んだ。

「俯くんじゃない。顔はいつも上げておくこと」

「は、はい」

「手はどけて、もっと自然な感じで。裸だってことを意識しすぎだ」

「は、はいっ」

何だか体育会系の活動のようだ。矢継ぎ早に浴びせられる大堂の命令に、啓は素直にすぐ従ってしまう。

「じゃ踊ってみせてくれ」

「えっ……」

「レッスン受けただろ。もう忘れたのか」

「い、いえ」

裸で踊るなんて、あまりにも恥ずかしい。裸というだけで恥ずかしいのに、またあの下手なダンスを見せるとなると、二重の恥ずかしさだった。

大堂が優しくしてくれるから、気に入られたと思っていたけれど、やはり憎まれているのだろうか。だからこんなふうに啓をいびって、大堂は楽しんでいるのかもしれない。

悲しいけれど、何を命じられても逆らえる立場ではなかった。

「駄目だ、こりゃ。脱いでここまで色気がないのも珍しいぞ。最悪だ」

「……あ……」

大堂に呆れたように言われて、啓は固まる。

「エッチなこと考えろ」

「えっ……」

「妄想ってやつだよ。そいつを膨らませて、自分のチンコ握ってみろ」

「えっ……ええ」

やはり大堂には嫌われている。こんな恥ずかしいことをさせるなんて、嫌われているとしか思えなくなってきた。

意識しすぎたせいなのか、脳裏には何も浮かんでこない。ただ大堂に許され、気に入られたいという思いだけが、惨めに揺れている。

「はぁ——っ……何なんだ……その若さで、もうそこまで枯れてるのか」

大堂が近づいてくる。そしていきなり啓の乳首を摘《つま》み、軽く捻《ひね》った。

「いっ……痛い」

「顔上げろ」

「……」

思わず涙目になってしまった。こんなことで泣くなんて情けないが、たまらなく惨めな気分になっていた。

「しょうがねぇなあ。ここからスタートにするか」

大堂は啓の顎に指を添え、顔を持ち上げる。そしてまた唇を親指の腹でなぞった。

「捨てられた子犬みたいなこの僕を、誰か拾ってください。そんな感じでスタートだ。明日から、撮影しよう」

「撮影って……」

「いや、待て。もう少し、何とかしてからにしよう。このままじゃ、どんな映像を流してもリピーターは摑めないからな」

そこで大堂は、啓の体を触り始めた。何かを調べているのだろうが、啓の全身が一瞬で粟《あわ》立つ。

「あっ……」

「んっ？　そう、その顔だよ。誰かに、こんなふうに触られたことなかったのか？」

「な、ないです」

「何か感じた？」

「少し……」

けれど誰が触っても、こんなふうに何かびりっとしたものを感じたりするのだろうか。

相手が大堂だったから、おかしな感じを味わっているような気がする。

「髪を切って……」

大堂の手が、啓の髪に触れた。

「次に顔をもう少し華やかな印象にして」

続けてまた唇が、優しく撫《な》でられる。

「体も……もう少し肉をつけよう。足は長くて、指も細くて綺麗だが、それだけじゃ足りない。ここにもう少し肉だ」

大堂はそう言って、啓の胸をさする。すると啓の乳首が堅くなり、痛いほどに膨らんでしまった。

「ゲームばっかりやっていて、座りっぱなしだったからだな。ケツもこれじゃあ」

背後に手を回し、大堂は啓の尻をさわさわと撫でる。するとそれまで項垂れていた性器が、びくんっと反応を示したので啓は慌てた。

手で押さえたが、大堂には悟られてしまっただろう。

「ダンスレッスンと食事で膨らまないようなら、整形するか」

「そんなところまで、しゅ、手術するんですか？」

「そうだよ。こんなごつごつした尻じゃ、色気がなさすぎる」

男の尻なんて、みんなそんなものではないのだろうか。だが大堂にぎゅっと尻の肉を摘まれているうちに、覚悟は出来てきた。

「お、お金かけるのは大変ですから、すぐには効果が出ないかもしれないけど、ダンスと食事で頑張ります」

「そうだな……啓のいいところは、素直で、頑張るところだ。そういう性格は、いきなり作ろうと思っても作れない」

今度は啓の腕を持ち上げて、丁寧に点検しながら大堂は呟《つぶや》く。何気ない呟きだったが、それは啓が一番聞きたいようなことだった。

「ゲームだけやっているような人間は、あまり好きじゃないが、啓の場合はそれで救われていたところもあるからな」

「救われていた？」

「ピュアなのは、現実世界であまり揉まれてこなかったからだろう。だけど、これからはそうはいかない。揉まれるぞ」

「平気です。どんな惨《むご》いことされたって、父より酷いことする人は、そういないでしょうから」

啓の言葉に、大堂は何を思ったのかいきなり笑い出す。しばらく笑った後で、大堂は啓を優しくハグしてくれた。

「マジで、むかつくヤロウだよな。やつの思いどおりになんて、なってたまるか。な、そうだろ？」

「はい……だけど、借金は、僕が返しますから」

「そうだな。ついでに金持ちになって、あんな親父を見返してやれ」

「頑張ります……」

借金を返したい気持ちはあるけれど、そこに小さな途惑いが生まれた。

すべてを返してしまったら、大堂との関係もそこで終わってしまうのだろうか。それが寂しいといったら、大堂はずっと啓を側に置いてくれるのか。

いいや、そんな夢のようなことは起こらない。だったらこのまま、ずっと役立たずでいたらどうだろう。そう思ってしまった啓は慌てる。

それではまるで大堂に恋しているみたいだ。

ただでさえ迷惑を掛けているのに、これ以上さらに迷惑を掛けるわけにはいかないと分かっていても、心の中では大堂の存在がどんどん大きくなっている。

どうしてこれまで女の子達に誘われても、何も起こらなかったのか、これでよく分かった。

啓が求めていたのは、大堂のような男だったのだ。

翌週、大堂は啓を料理研究家であり、レストランオーナーのアスマのところに連れて行った。

いつもは料理教室に使っている、広々としたキッチンスタジオを、啓は興味深そうに見回している。

アスマは外見はがっしりとした大柄な男だが、明らかに言動はオネェキャラだった。だが腕はかなりよく、人気もあって、店は予約なしでは入れないほどだ。テレビにもよく出ているし、著作本も売れている。

「あら、可愛いわね。なぁに、大堂さんのカレシなの」

啓を見た途端に、アスマは露骨に嫌な顔をする。そこで大堂は苦笑いするしかなかった。

大堂はオネェ達にもモテるが、残念なことにここまで内面が女性化してしまうと対象外になる。たとえ若くて女性的といっても、やはり男らしいところがあるほうが好みなのだ。

「カレシじゃないよ。売り物だ」

まるでバーゲン品だとでも言うように、投げやりな口調でアスマに啓を紹介した。

「山陵啓、多少は料理も出来る。包丁は使えるし、味もそんなにまずくない。アスマちゃん、映像的にいい感じの料理を、彼に仕込んでくれないか？」

「映像的にって……」

「ああ、これから彼を売り出すんだ。もしビデオとして商品化されたら、クッキング監修でアスマちゃんの名前を出すし、もう少しちゃんとした謝礼も支払う。だけど、今の段階じゃどうなるか、はっきり言って分からないからね」

こんな言い方をしておけば、とりあえずアスマは本気で啓を指導してくれるだろう。うまくすればまた自分の名前を売れるし、そこそこの監修料も入るのだから。

「女の子の好きそうなものを、覚えさせて。それと……ついでに、精力付くような料理も仕込んでおいてくれないかな」

さらりと言ったつもりだったが、アスマの整えられた眉は吊り上がった。

「なによっ、結局はそれなんじゃない。大堂さん、自分のヨメにしたいんじゃないの？」

「俺がそんな料理を食べたいわけじゃないんだ。その……」

大堂はそこで、わざとアスマに密着するほどに体を寄せる。するとアスマが、何を期待したのか顔を赤らめて、もじもじするのが伝わってきた。

「まだ若いのに、あっちが全く駄目なんだよ」

耳元に顔を寄せ、妖しげに囁《ささや》く。

「嘘……今、幾つなの？」

「二十歳」

「ええっ、だったら、自転車に乗っただけで勃起しちゃうってことはないけど、バイクの振動だったら勃起しちゃう年頃よね」

どういう意味だかよく分からないが、アスマの言いたいことは何となく伝わってきた。そこで大堂は、思い切りいい笑顔をアスマにサービスした。

「俺なんて、倍の年いってるけど、まだ三輪車でも勃起するのにな」

「あら、そうなの。だったら、三輪車用意して待ってるわね」

にこやかに返すアスマの様子を、啓はちらちらと不安そうに見ている。

もしかしたらアスマが、大堂の恋人なのだろうかと疑っている様子だ。

どうやら山陵は、大堂との関係を啓には教えていなかったらしい。だから啓は、大堂の性癖も知らされていないようだ。

なのに分かるのだろうか。啓は大堂が女性に接しているときよりも、男性に対しているときのほうが、あからさまな嫉妬の様子を見せる。

そんなところも可愛いなと思うが、手は出せない。ご馳走《ちそう》を前にして、永遠に待てをさせられている犬の気分だ。

困ったことに、啓はとても素直ないい子なのだ。山陵の欠点である、まずいことはすべて人のせいにするような、性格的に嫌なところはどこも似ていない。

ゲストルームに住まわせているが、部屋が汚れているというようなことはなかった。自分は掃除しないくせに、他の人間が家を汚すのは嫌いな大堂にとっては、そういったきちんとした暮らしぶりも好感が持てる。

けれど毎晩、ゲストルームの前を通っても、そのドアをノックすることは許されていなかった。

山陵は大堂が啓を抱けば、五百万は啓の体で払ったと言い出すに決まっている。

金のために、啓を抱きたくない。そういう関係になりたいのなら、清算をすべて済ませてからだろう。それにはやはり啓を売らないといけない。

女が抱きたい男、男嫁候補というイメージで、売り出さないと駄目だった。

「食事も偏ってるのかしら？」

アスマは何か考えついたのか、メモ用紙に何か書き出しながら訊いてくる。

「ゲームオタクだったらしい。あれだろ、ゲーム始めると、飯抜きがざらってやつさ」

「ああ、いるわね。そういう子。そうか、だから痩せてるのね」

「好き嫌いはないみたいなんだ。今は、ゲームをやってないから、少し肉付きがよくなったかな」

「ゲーム、やめさせたの？　そっちのほうがすごいわよ」

そういえば大堂が引き取ってから、啓は一切ゲームをやっていなかった。大学にいる間、何をしているのかは全く知らない。たとえ外でゲームをしていても、あまり影響はなさそうだから、気にしていなかった。

それよりも啓が、パソコンやゲーム機を新たに欲しがらないのが不思議だ。ゲームをやらなくなったということは、もしかしたらアスマの言うとおり、すごいことだったのかもしれない。

「ゲームにはまって、廃人寸前なんていっぱいいるじゃない。この世に呼び戻してもらって、あの子、いずれ大堂さんに感謝するわよ」

「呼び戻したのはいいが、下半身はまだゾンビのままだ。中から、こう、かっと熱くなるようなものを、食べさせてやってくれよ」

「いいけど……効果がありすぎた場合、どうするの？」

アスマはにやにやと笑っている。どうせそうなったら、あんたがこの子を喰うんでしょと言いたげだ。そうしたいけれど、出来ない事情を説明するのも面倒だった。

「女が抱きたいと思う男に仕立てたいんだ」

そこで正直に、啓の改造計画を打ち明ける。

「あら……女なの」

つまらなそうにアスマは言うと、冷蔵庫から様々な食材を取りだし始めた。そして啓にはさっきのメモを見せ、近くのスーパーで買ってくるように指示を出す。大堂はすぐに啓に財布を渡し、買い物に行かせた。

「いい子っぽいけど、どっかの金余り女にでも、その彼を貢ぐつもり？」

大堂はそこで本音を打ち明ける。

「いや……男嫁プロジェクト。新しい女の子向けオナペットさ。料理も出来るし、掃除も完璧。さらに癒し系で、実はセクシー。そんな可愛い男が家にいたら、おねぇさん達も働く元気が出るだろ。そういう、バーチャルゲームみたいなものさ」

「あら、面白そうね」

「商品化で進行中だから、シークレットで、よろしく。それと、本人には、まだ詳しく売り方を説明していない。今のあの天然状態がいいんだ。下手に演技力なんて、身に付けて欲しくないからね。余計なことは、何も教えないで欲しい」

秘密を打ち明けるのに、おねぇは最悪の相手だ。すぐに大堂のやっていることは、業界人の間に尾ひれの付いた噂として流されていくだろう。

それが狙いだ。噂というのは、好奇心に繋がり、話題へと進む。作り物めいた仕込みをするより簡単に、いずれどこかの誰かが食いついてくる。

「男が嫁入りする時代さ。どう？」

「そうね、男の子も婿入り修行する時代ですものね」

ここの料理教室でも、独身男性の料理教室を行っている。それが思ったより盛況で、テレビのニュース番組などでも取りあげられていた。

「だけど……本当にいいのかしら？」

「何が？」

よく切れそうな包丁を手にして、アスマは不気味に笑っている。そんな姿はちょっとしたホラーだ。

どうやらアスマは、とても意地悪な気分になっているらしい。

「あたしが教えた料理を、二人で毎晩食べてたら、どうなるのかしらね？」

「ああ……それは、今はあまり考えたくない」

アスマの料理が完璧なら、恐らく大変なことになるだろう。けれど大堂は逃げられない。ともかく啓に、精の付くものでも食べさせて、性欲を取り戻させないといけなかった。

「大堂さん、若い子好きだものねぇ」

大堂の性癖を知っているアスマは、思い切りいやらしげに笑って、包丁を研ぎ始めた。見苦しい言い訳になると思ったが、大堂は自戒を込めて口にする。

「商品には手を出さないよ」

「いいの、本当に。そんな余裕あるふりしてるうちに、誰かに取られちゃうわよ」

「いや、まだその心配はない。何しろ、あの若さでエッチが駄目だから」

わざと余裕を見せているわけじゃない。むしろ絶対に手を出すだろうと思われているのが面白くないから、余計、啓に対して禁欲的な態度を見せている。

「それで、どうするの。大堂さんも一緒に料理する？」

「いや、アスマちゃんに料理されちまいそうだから……」

そこで大堂は、後はすべて任せるというように、アスマの肩を軽く叩いて、キッチンスタジオから出て行った。

啓に財布を渡したままで、大堂は自分のオフィスに戻ってしまった。気が付いたのは、オフィスがあるビルのエレベーターに乗った瞬間で、もうアスマのところに戻るのは面倒だった。

付き合っている相手でも、財布をそのまま預けるなんていつもならしない。あの山陵の息子だ。現金がたっぷり入った財布の中から、いくらか抜くのではないかと疑うべきだろうか。しかし不思議とそんな気にならなかった。

啓には、父親と違って金に対する執着が感じられないからだ。

金にもセックスにも執着しないという、新しい生き方をする若者なのだろう。啓にとって大切なのは、ゲームの中の仮想世界であり、この現実ではないのだ。

そういう生き方を批判するのは簡単だが、大堂はそこにしか楽しみを見つけられなかったんだと、啓のことを逆に可哀相に思っていた。

豊かな体験をいろいろとしていたら、もっと違った感性が育っていた筈だ。それとも内向的だから救われていたのであって、外向的だったらとうに家を出て、悪い連中の仲間になっていたのかもしれない。

幼い頃は母親がいて、それなりに楽しく暮らしていた経験があるから、対人関係が最悪ということはないのが救いだ。年上の女性と気楽に話せるのは、母親との関係が上手くいっていた証拠だろう。

「そういえば……ご無沙汰だな」

大堂はエレベーターの中で、啓を引き取ってからというもの、自分のための楽しみがすっかりなくなってしまったことに気が付いた。

こんな状態で、精力の付くような料理など食べたら、どうなってしまうのだろう。やはり食事は、啓一人で食べさせるべきだろうか。

いや、それではどんなにおいしいものを食べても、身に付かないような気がする。今の啓に必要なのは、誰かと一緒に食事をしたりして、親密な時間を持つことだろう。体だけではなく、心にも栄養を与えるべきなのだ。

そうなるとますます危ない。

「商品には、手を出さない。やつは、まだ商品でもないが……いや、不良債権でも、商品は商品だったな」

では自分を落ち着かせるために、誰かとデートしようと思ったが、そういえばメールアドレスをすべて消してしまった後だった。

「社長、会議の準備は出来てますが」

エレベーターが開いた途端に、村上が待ち構えていた。そんなに急《せ》かすなと言いたいところだが、大堂にしては珍しく、予定していた時間を過ぎていた。

「すまない。待たせたな」

大堂は会社のミーティングルームで、この企画に参加しているスタッフの顔を見回す。みんな今ではこの業界ではそこそこ名前も知られていて、いつも忙しそうにしている人間ばかりだった。

「資料に目を通してくれたと思うけど、新しい企画だ。『男の娘』に続く、『男嫁ちゃん』を企画していく。最初は動画サイトに映像を公開しようと思ってるんだが」

「社長……うちはタレントは扱わない方針だった筈ですが」

村上が言いにくそうに言ってくる。確かにそのとおり、これまでは一度として、タレントをわざわざ売り出したりしたことなどない。

「うちは芸能プロダクションとは違うっていうのが、社長のポリシーだと思ってましたが」

「ああ、別にこのモデルの啓を、そのままタレントとして売り出すつもりはない。どっかの事務所が声を掛けてくるかもしれないが、そこまでのフォローは今は考えてないんだ。つまり彼は、モデルといっても全くの素人で、一般人扱いでいい」

何の取り柄もない若者が、専業主夫になりたいと思って、家事能力を上げていく。それをリアルタイムで放映し、視聴者の女性がどう受け止めるかに成功が掛かっていた。

啓を可愛いと思ってくれ、こんな男嫁が欲しいと思ってくれれば成功だ。話題になり、注目されるようになったら、そこで写真集やＤＶＤ、料理のレシピ本などを出す。

人気が一過性のものでもいい。啓だけではなく、他の男嫁候補が出てきてもいい。ともかく大堂は、山陵に貸した金さえ回収出来ればそれでいいのだ。

「啓のビジュアルはどう？　歯並びはいい。髪型は、カットしてもらえばよくなるだろう。俺としては、目を整形して、はっきりした二重にしたい。それと少し唇をふっくらさせたいところだな」

大堂の提案に、メイクアップ担当の女性スタッフ川村《かわむら》が、意外な意見を口にした。

「下手に弄らないほうがいいんじゃないですか？　社長は、はっきりした系の顔が好きなのかもしれないけど、彼のこの眠そうな目とか、さっぱり系の顔は私は好きです」

「そうか？」

するとスタイリストのおねぇ系スタッフ田丸《たまる》が、にこやかに口を挟む。

「言っていいですかぁ。社長の好みって、結構、古いアイドル系だと思うの」

「あっ？」

とんでもない指摘に、大堂は固まる。そんなことこれまで言われてこなかったし、意識もしたことがなかったから驚きだった。

「バブリィな時代の、可愛い系アイドル、好きでしょ？」

「いや……そんなことはないと思うけどな」

「社長も、若い頃は、はっきり濃い系のイケメンだったものね。人間って、毎日、鏡で自分の顔見ているから、どうしても自分に似ている顔が好みになるんですって」

若い頃の話なんてされると、大堂は不愉快になる。

自分の美貌に絶対的な自信があった。そして神が与えた美貌は、それだけで輝くトップスターになれる通行証だと思っていた。

地方都市の若者が見ていた夢だ。現実は厳しい。大堂よりはるかに優れた美貌を持ち、さらに内面から輝くオーラを放つ美しい若者が大勢いて、大堂をかすませてしまった。

成功の文字は遠ざかり、大堂は少しの間ではあったが、かなり荒れた生活をしていたのだ。そんな時代を思い出してしまうから、若い頃なんて持ち出して欲しくなかった。

だから自分の顔が好みなのだろうと言われても、やはり違和感を覚えてしまう。

「あのままじゃ地味じゃないか？」

「ヘアカットで、雰囲気変わりますよ。顔もマッサージすればむくみが解消して、もっとすっきりすると思いますけど」

川村はあくまでも啓をそのままで使いたいらしい。

「何で弄るの駄目なの？　お隣の国のタレントは、ほとんど整形してるだろ？」

「だからですよ。だって彼、プロじゃないんでしょ？　隣のお兄さんなんでしょ？　普通の男の子は整形なんてそう簡単にはしませんよ。今は、ネットで昔の写真とか流されるから、すぐに弄ったのばらされます」

「ああ、そういうことか……」

さすがにそこまでは大堂にも思いつかなかった。ここは若いメイクアップスタッフの川村に、敬意を払うべきだろう。

「ネタ探してるメディアに、それとなく売り込んでいこう」

大堂の提案に、制作進行の安曇《あづみ》が手を挙げた。

「ネットの再生回数上げるために、バイト確保しますか？」

「ああ、そうだな」

アルバイトに、一日何回も啓の映像を再生させるのだ。愚かなことのように思えるが、塵《ちり》も積もればで効果はあった。違法ではあるだろうが、その程度の操作だったらどこでもやっている。ともかくネットで勝負するなら、常に検索上位でいることが必要だった。

「じゃ、すぐにロケに入りますか？　えっと、男嫁とかっていうなら、キッチンのある家がいいですよね？　スタジオ借りるより、一般のマンション借りますか？」

仕事の速さで売っている大堂のスタッフだけあって、安曇は飲み込みも早かった。

「いや……俺の家でいいよ」

その一言で、なぜかそこにいたスタッフの間に緊張感が生まれた。

「何だよ。無駄に経費を掛けたくないだけさ」

「でも……社長の家って、あたしたちの間では麻布《あざぶ》の聖地って呼ばれてますけど」

田丸に言われて、大堂は顔を歪めた。

「何だ、そりゃ？」

「憧れのお宅なんです。成功したら、あたしもあんなお家に住みたいな」

「それはどうも……」

年に何度か、自宅でパーティをすることがある。そんなときには彼らも招待するが、まさかそんなふうに見られていたとは知らなかった。

バブル時代に建てられたもので、元は飲食店経営者が住んでいた。会社が倒産して、売り急いでいたせいか、かなり安く手に入れたのだ。メンテナンスをしっかりしているから古さを感じさせないが、年代物の家だ。そこが聖地とまで呼ばれているとは思わなかった。

「そういう家にいる子が、男嫁に行きたいってのは、無理があると思いますけど」

またもや川村の意見だったが、大堂は頷くしかない。

もしかしたら川村は、今回のスタッフの中で一番乗り気なのかもしれない。なぜなら彼女こそは、大堂がターゲットとする女性像そのものだったからだ。

三十代、独身、そこそこ稼ぎはあるが、ともかく忙しい。相手にするのはモデルやタレントで、華やかに見える仕事だが、実はストレスがもの凄い仕事でもあった。

川村は休日、何をして過ごしているのだろう。多分、疲れて眠っているだけの日もある筈だ。たまった洗濯物や、散らかった部屋という現実から目を背け、うとうと眠りながら、寝ている間に誰かがやってくれないかと夢のようなことを考えるだろう。

それが母親や女の友人ではなく、可愛い年下男だったらどうだ。

彼、男嫁ちゃんは、俺様男達と違って、高圧的に彼女に命令したりはしない。何かをしてくれても、やってやったんだと偉そうに言わない。

彼女を起こさないように家事を片付け、目覚めたら最高においしい食事を用意してくれるのだ。しかも連れ歩いても、何ら恥ずかしくない綺麗な若者だ。ファッションセンスもいいし、会話にはユーモアもある。これなら川村でも気に入るだろう。

「川村、男嫁ちゃんが住んでるのは、どんな家のイメージだ？」

「綺麗めなワンルームだと思います」

「ふーん。関係ないけど、川村、おまえはどんな家に住んでるんだ？」

「えっ……築五十年の家で、アジアンテイストにして暮らしています」

何でいきなりそんなことを聞くんだと、川村は不思議そうな顔をする。

「そこに男嫁ちゃん、迎えたくないか？」

「……いえ、結局男嫁ちゃんなんて言ってもヒモでしょ？　あたしは、肉食系のがっつり働く男のほうが好きです」

そこで田丸はにやにやと笑って、川村のことを小突き始める。

「そうよねぇ。絶対に、社長みたいな、がっつり男がいいわよねぇ」

言われても川村は否定しない。

ここにいるスタッフは全員が独身だ。川村はもしかしたら、大堂と上手くやって付き合えたらと考えたことがあったかもしれない。四十男に三十女、いい組み合わせだと思えただろう。

「だけど、乙女ゲームにはまってるような娘なら、男嫁ちゃん欲しがると思います」

「そうか、じゃ、企画を進めても大丈夫ってことだな」

「はい……ゲーム感覚だったら、ありだと思いますから」

ゲームだったら、こんな優しいだけの男でもいいが、現実にはやはり働く男のほうがいいと言うのか。そんなものだろうなと、大堂はそこで納得する。

「それじゃ安曇、ロケに使えるような部屋を確保してくれ。キッチンはちゃんとしたところがいいな。それでベッドとか、冷蔵庫とかテレビ用意して」

そこで安曇は、いつもの質問するときの癖で手を挙げる。

「このモデルの啓君って、どこに住んでるんですか？　彼の部屋は、使えないような汚部屋なんですかね？」

少しでも予算を削ることに天才的な安曇は、そこに目を付けたらしい。

「いや、事情があって、今、家で預かってる」

途端にスタッフから、むっとした雰囲気が伝わってきた。何でこいつが、あの聖地に住んでるんだとでも言いたいのだろうか。

大堂はスターを目指していたがなれなかった。けれども自分の世界では、今では立派にスター的な存在なのだ。昔からのリーダー気質が花開き、皆に慕われるいい社長になったからだった。

しかし大堂は見かけよりずっと屈折している。たとえ社長として慕われ、尊敬されていたとしても、憧れの世界のトップになれなかったことで、やはり自分を卑下しているところがあるのだ。

そのせいで称讃《しょうさん》を素直に受け取れないという、ややこしい精神構造をしていた。

いい男で稼いでもいるのに、恋愛関係が誰とも上手く続かないのは、そういったことが原因になっているのかもしれない。

「じゃあ、こうしよう。啓がそのまま続けて住んでもいいように、一般向けのワンルームを用意して。居住地がばれないように、出来れば似たような建物がいっぱいあるような地域がいいな」

「彼、現役大学生でしょ？　身ばれしても大丈夫なんですかね？」

そこで村上が口を挟む。何で今更、そんなことを気にする。事情ってやつは、よく知ってるだろうと大堂は苛ついた。

「ばれたらばれただ。恥をかいても、それだけの覚悟が本人には出来てるさ」

「ヌード……までいってもですか？」

「ああ、別に性器まで見せるわけじゃない。尻の割れ目が見えたぐらいで、どうってことはない」

大堂の言葉は、啓には絶対的なものだった。だからどんなことになっても、啓は逆らわないという自信が大堂にはあった。

「それじゃ具体的な撮影開始日と、情報をメディアにリークするように打ち合わせして。それで、後でこっちに啓が来るから、田丸と川村で、イメージアップの方法考えてくれ」

これだけの指示で、彼らはすぐに動き出す。そして大堂が望むようなものを、具体的な形にして出してくれるのだ。

続けて、別の仕事の打ち合わせに入る。今度は私情が絡まないから、大堂もやりやすい。

「もっと予算削れよ」

すぐに無理な注文をする。続けてさらに、いかにも我が儘なトップらしい言葉が出た。

「もっと短期でやれないのか？　その程度の仕事で、だらだらやってんじゃねぇよ。後がつかえてんだから、さっさとやれって」

ところがこんな大堂の傲慢な態度に、文句を言うスタッフはいない。むしろ大堂に檄《げき》を飛ばされれば飛ばされるほど、スタッフは生き生きと働き出すのだ。

もし大堂が、あのまま順調に俳優人生を歩んでいたら、今頃は理想の上司の役など与えられていただろう。それよりも現実に理想の上司として見られていることを、本当はもっと喜ぶべきなのだ。

分かっていても、心にどこか満たされないものがいつもある。それが大堂を、より熱心に仕事へと駆り立てているのかもしれなかった。

その日の夜になって、田丸と川村に伴われてオフィスに顔を出した啓を見て、大堂は大きく頷く。悪くはない。ヘアカットしたのと、歯を美白しただけでも、啓の美的印象はよくなった。

そして田丸が見立てた、優しい男服というのが、さらに啓を引き立てていた。

ふわふわの白のカーディガンの下に、ピンク系のシャツを着ていた。ゆったりめのジーンズの裾は、程よくロールアップして穿《は》いている。カラフルな靴下が見えていて、いかにもキュートな印象だ。

「モノトーンの柔らかい素材を、アウターに持ってきたんです。インには明るい色を使ってますが、こういった着方をしていると、相手がどんなファッションでも合わせやすいんですよね」

「田丸のことだから、もっとおかまっぽく仕上げるかと思ったら意外だな」

「あら、結婚情報誌のCMに出ても、不自然じゃないくらいまでの男らしさは欲しいと思いましたから、ちゃんと男の子に見えるようにしてます」

「そうか。いい感じだ」

さらに数点の組み合わせを、田丸は写真で大堂に見せた。

スポンサーありの番組企画ではないから、衣装はすべて自前だ。ここで用意されたものは、そのまま啓の私服となる。

山陵の理想としては、大切な一人息子にブランドものの服を与え、人目を惹くようにさせることだったろう。けれどそんな余裕もなかったのか、啓が持っていた数着の服は、すべてがノーブランドで、しかも着古した感じのものばかりだった。

　それでもあまり見苦しく感じなかったのは、啓自身が古着を恥じていなかったからだ。服に対する拘《こだわ》りなんて、全くないのかもしれない。

「それで、川村は何をやったんだ？」

「ヘアカットと歯の美白だけです」

　川村はメイクアップアーティストというやつだが、元々は美容師なのでヘアカットもやる。やらせればモデルを大胆に変えることだって可能なのだが、今回はあまり仕事をしたように見えない。カットも落ち着いていて、あまり強い印象は残らなかった。

「顔、弄らなかったのか？」

「はい。小顔マッサージの方法を教えました。効果が出るのに、一カ月以上かかると思いますが、その間の変化も映像で見せられるのでいいと思いました」

「一カ月、この企画が保《も》つと思ってるんだな」

「スポンサーがついてるわけじゃないし、こちらから実験的に作り出す企画ですから、社長がやめるって言い出さない限り、続くと思います」

　そのとおりだった。さっさと稼いで、さっさとやめたい。それが本音だが、こういう企画が当たるには、時間が必要だ。

「成長過程を楽しむのも、企画の一つだと思いますから、最初からあまり弄らないほうがいいと思いまして、そのままにしました」

「そうだな。『ひろってください』って書かれた段ボール箱に入ってる子犬が、真っ白でむくむく太ってるのは、映像の中だけだ。だけどあんまりぼろぼろだと、注目させるのは難しいし、この程度が一番自然でいい形ってことか」

周りで何を言われていても、啓にとっては他人事のようだ。ぼんやりとした様子で、ただ佇《たたず》んでいる。

「よし、お疲れ。飯でもどうだって言いたいところだが……どうやらアスマ食堂から大量のデリバリーが届いているらしいんで、今日はこれで解散だ」

啓が持ってきた銀色の四角いバッグは、デリバリー用のケースだろう。その中には、今日、アスマに教えられた精の付く料理も入っている筈だ。

それを啓に食べさせないといけない。だが、さすがにものがものだけに、田丸や川村まで一緒に食べさせるわけにはいかなかった。

けれど田丸と川村は、明らかに不満そうだ。いつもならこんな時間になると、大堂は必ず飲みに連れていってくれるので、その楽しみがなくなったからだろう。

二人が先に帰ると、やっと啓はぎこちない笑顔を向けてくる。傍《はた》から見ても、作り物めいた笑いだ。どうやら相当疲れているらしい。

「どうした、疲れたのか？　笑いが干からびてる」

その言葉に、啓は本当におかしそうに笑った。

「うん、それでいい。ちゃんとした笑いだ」

「すいません。お財布、預かったままだったので、どうにかして届けたいと思ったんですけど、みんな、社長は財布なんて持ってなくても、何も困らないからって、ここに戻してもらえませんでした」

啓はおずおずと大堂の財布を差し出す。確かに預けてからというもの手元に財布はなかったが、困るということはなかった。

「領収書、入ってます……」

「ああ、心配しなくていい。啓が俺の金を勝手に使い込むなんて、絶対にしないっていうのは分かってるから」

財布を渡せてほっとしたのか、啓は何か言いたそうにもじもじしている。

「何だよ。言いたいことがあるなら、さっさと言えばいいだろ」

「アスマさんに、大量に料理持たされたんですけど」

「食べればいいだけだろ。酒を買って帰ろう。行くぞ……」

ジャケットに袖を通すと、大堂は腕時計に目を向ける。するとかなり遅い時間になっていることに気が付いた。

「そうか、こんな時間まで、おねぇ達に付き合わされてたら、そりゃ無口にもなるよな」

アスマも田丸も、よく喋《しゃべ》るおねぇだ。彼らといたら、啓にはほとんど話す余裕もなかっただろう。

「相手をするのも疲れるだろうが、あいつら、いい仕事をする。それは認めてやってくれ」

啓が持とうとしたデリバリー用のケースを、大堂はさりげなく持ってやった。すると啓は、ふっと意味深なため息を漏らした。

「どうした？　この程度でそんなに疲れたのか？　バイトの経験だってあるんだろ？」

「バイトは、中古のゲーム扱うショップでやっていただけです。ゲームのこと詳しいから雇われていたけど……ほとんど暇でした。こんなに忙しいの初めてです。働くって、何か凄いですね。みんな、凄い。凄すぎる」

どうやら自分と世代の近い田丸や川村の存在が、啓にとっては刺激になったようだ。

大堂と一緒にオフィスを出る啓の足下は、何だかおぼつかない。エレベーターに乗ろうとしたらふらついたので、大堂がその腕を支えてやらねばいけなかった。

「すいません。どうやら、お腹が空いたみたいです」

「はぁっ？　腹が減ったって、アスマのところで何か食べてきたんだろ」

けれどそれも昼までのことだ。この時間まで、田丸や川村は啓に何も食べさせなかったのだろうか。

「川村達は、何も食べさせてくれなかったのか？」

「二人は、何か食べてたかもしれないけど、僕は歯を美白したり、髪をカットしてたので」

とはいえ、これが売れっ子モデルだったら、田丸や川村がそのままにすることはない。それこそ五分おきに、飲み物や食べ物が必要かお伺いを立てていただろう。

どうやら啓は、皆に快く受け入れられていないらしい。それも仕方のないことだ。何も知らない若者が、いきなり大堂にちやほやと特別扱いを受けている。企画だとはいえ、やはりシンデレラに対しては、妬みの感情が湧くものだ。

「言えば良かったのかもしれないですけど、今までこんなにお腹が空いた経験がないので、実は、自分でもどうなっているのか、よく分からなかったんです」

「腹減ったことがないのか？」

「ゲームやってる間は、お腹空かないし……そうじゃなくても、一人だとあまり食べないから」

啓には一人で食事をしたくない、誰かに食事に誘われたいオーラが、自然と出ているようだ。だから女の子達は、何となく誘ってしまうのだろう。

なのに今回は、誰も啓を食事に誘ってはくれなかったようだ。

「アスマはいい先生だっただろう？」

「はい……」

おねぇらしい辛辣な口調だが、苦労人のアスマはいい教師だ。いろいろと学ぶこともあっただろうと思うのに、どうにも啓の口調は弾まない。

そこで大堂は、自分が啓の機嫌を取るのに必死になっていたことに気が付いた。

こういうサービス精神は、自分でも嫌になる。可愛いというだけで、他に何の取り柄もないような若者相手に、どうしてこうも媚びてしまうのだろうか。

やりたいからなのか。だったら啓とはやれないのだから、もう少し冷たくしてもいい筈だ。それとも、すべてが解決した後でおいしくいただくために、今から媚びているとでも言うのか。それも何か違うような気がする。

大堂は昔からこういった性格なのだ。親しくなった相手には、つい余計な世話までしてしまうのだが、それが嫌な人間とは付き合えなかった。

恋愛の初期段階は、相手もこうやって構ってもらえるのが嬉しくて、素直に何でも応えてくれる。だがそのうちに、うるさく思われだすようだ。

「大堂さん、どうかしましたか？」

エレベーターの中で、大堂がいきなり無言になったから、啓は心配そうに顔を覗き込んでくる。そこで大堂は咄嗟《とっさ》に無難な言葉を口にした。

「ちゃんと食事をしないと駄目だ。俺の側にいる間は、何があっても食べさせるからな」

「はい」

啓は嬉しそうに頷くと、遠慮がちに手を伸ばしてきて、大堂の腕を軽く握ってきた。

「誰かに心配してもらえるって、嬉しいことですね」

ふと呟いたその言葉に、大堂は啓の媚びを感じる。

大堂が相手に媚びてしまうように、啓も気に入った相手に対して、自然とそんな態度を取ってしまうのかもしれなかった。だとしたら二人は、とても似たもの同士ということになってしまう。

「そうだな。だけど、俺は心配しすぎって、よくウザがられる」

「こんなに親切にしてくれる大堂さんを、ウザいなんて言う人もいるんですか？」

「ガキ扱いしてるって思われるみたいだな。確かにそうなのかもしれない」

自分以外の男達は、みんなまだ未熟で幼く思えるのだ。だから強烈なリーダーシップを発揮してしまいたくなる。

そのせいで山陵のように、大堂だったらいつでも助けてくれると思いこむ人間も出てくるのだが。

「僕は、そんなふうには思いませんけど……」

ほら、また媚びている。啓は大堂を不快にさせないように必死になっているのだ。

そこで大堂は、とても残酷な気持ちになってしまった。同族嫌悪なのかもしれない。啓の媚びた態度を見ていて、どこまでそんなにいい子のままでいられるのか、試してみたくなっている。

啓のせいで自身の楽しみを奪われていることが、大堂の苛立ちをつのらせているのかもしれない。

理由なんてものは、もうどうでもよくなっていた。大堂はただ、世の中はそんなに甘くはないんだと、啓に教えてやりたくなっていたのだ。

料理を食べ終えた後の食器は、ざっと汚れを落とした後で食器洗浄機に入れる。スイッチを入れながら啓は、昼間アスマに言われた言葉を何度も思い返していた。

食材を買って戻ってきたときには、もう大堂はいなかった。料理が一品でも出来るまでの間、大堂が側にいてくれると思っていたから、やはりがっかりしてしまったのだろう。落胆した様子を、アスマに悟られてしまった。

『大堂社長とは、どういう関係なの？』

調理の手際は褒められたが、その後ですぐにさらりと訊かれた。

『父が高校時代、大堂さんと同じクラスだったんです』

それしか二人の関係を知らなかったから、正直に打ち明けた。するとアスマは何だか嬉しそうになってきて、いろいろと質問してきた。

『一緒に暮らしているんでしょ？』

『はい。今は、部屋をお借りしています』

『ふーん、それで、夜は、どっちの部屋で寝てるの？』

しばらく質問の意味が分からなかった。だから黙ったままでいると、アスマはいきなり切り出した。

『まさか、まだ何もないってことはないわよね？』

何があるというのだろうか。啓には身に何の覚えもない。

『大堂社長はワカセンよ。知らないってことないでしょ？』

『ワカセンって、何ですか？』

ますます意味が分からなくなってくる。これが業界用語というものなのかと、啓は素直にアスマが説明してくれるのを待った。

『あら、やだ。こんな料理まで作らせるぐらいだから、とっくにやられちゃってるんだと思ったわ』

アスマは驚いているが、それを聞いてやっと啓にも意味が分かった。

啓が願ったとおり、大堂は男を抱く男だったのだ。

『ワカセンって、若い子が好きって意味よ。大堂社長、かなりもてるから、いつも可愛い男の子連れてるけど』

そこでアスマは啓をじっと見つめ、勝手に納得してしまった。

『同級生の息子には、さすがに手は出さないか』

そう、手は出さない。だから今夜も、あんなスタミナ料理を食べたというのに、大堂は平然と酒を飲み、テレビを観ていた。

あんな話を聞いてしまったから、啓は実は期待している。啓を引き取ってからというもの、大堂が誰かとデートしていたらしい様子はない。この家に呼ぶような相手もいないと言っていたし、大堂はフリーな筈だ。

だったら、そろそろ啓を誘ってきてもいい頃だろう。

それともやはり父とのことがあるから、啓をそういった対象としては見ないのだろうか。

料理が効いてきたようだ。それとも精神的なもので、そんな気になっているだけだろうか。啓の全身は熱くなり、落ち着きがなくなってきていた。

誰ともセックスなんてしたことがない。したいとも思わなかった。

なのにここに来てからはずっと、大堂が相手ならしてみたいと思うようになってきている。

大堂が父と同じ歳の男だということは、何の問題にもならなかった。むしろあの男らしさに、毎日、くらくらしているような状態が続いている。

啓は年上の女性にもてると大堂は思っているようだが、誘われても啓は一度としてその気になったことがない。女性に興味のないのは、性欲がないせいだとずっと思ってきたが、それだけではなかったようだ。

女が抱きたい男として、大堂は啓を仕上げたいのだろうが、啓としては大堂に抱きたいと思わせるような男になりたかった。

どうすればなれるのだろう。

もっと女性らしく、アスマや田丸のようなキャラになっていけばいいのか。

いや、大堂はああいった男達に対して愛想はいいが、誘いたがっているとはとても思えなかった。

若い可愛い男が好きだというが、では歌ったり、踊ったり出来るアイドル系が好みなのだろうか。

「えっ……」

キッチンのシンクを磨き始めたが、啓はとんでもないことに気が付いて手を止めた。

「ええっ、もしかして……」

大堂はいつから、そういう男の趣味になったのだろう。アスマが詳しく知っているくらいだから、大堂の趣味は一貫しているのに違いない。

啓の脳裏に、大昔の父の姿が浮かび上がる。

啓が生まれた頃の父は、確か今の啓とたいして歳も違わなかった筈だ。写真に残っている父の姿は華やいでいて、アイドルグループにいましたと言ってもおかしくないくらい、十分に愛らしかった。

父は大堂に抱かれたのだろうか。

けれど大堂の性癖を知っていたのに、どうして啓を大堂に預けたのだろう。

まさかあの父が、啓の隠されていた性癖を見抜いて、大堂の元に送りつけたのだとは考えづらい。ただ金に困って、見境もなく昔関係のあった大堂に、助けを求めただけだろうか。

どくどくと心臓が高鳴り始めた。

これはもう精神的な問題じゃない。アスマが自慢するだけあって、スタミナ料理がいよいよ効いてきたようだ。

「あっ……」

シンクに興奮したものがぶつかる。思わず啓は、さらに強く下腹部をシンクにこすりつけていた。

「んっ……んん……」

踊っている父の姿が脳裏に浮かぶ。今とは比べようもないほど、若く、溌剌《はつらつ》として美しい父は、大堂の目にも十分好みのタイプとして映っただろう。そんな父と大堂は、寝たのかもしれない。

「何してるんだ。キッチンシンクをレイプするつもりか？」

「あっ？　あっ、ああ、す、すいません」

思わず目を閉じていたから、大堂が側にいたことにすら気が付かなかった。啓は慌てて背筋を伸ばし、大堂から離れようとしたが、シンクと大堂の間に挟まれたような形になってしまった。

「ここ、後で磨きます。お風呂、先に入っていいですか？」

「ああ、いいよ。ただし……バスルームで、自分で勝手に抜いたりするな」

大堂はさらに近づいてくると、啓のジーンズに手を添える。そしてベルトを外しにかかった。

「えっ……」

まさかここで、いきなり始めるつもりだろうか。

何か違う。こんなに性急に、いきなり始まるようなものではないだろう。いつだって優しい大堂が、こんなときにはなぜ何も言ってくれないのか。

気持ちはもう十分大堂に傾いているけれど、やはりここでしっかりと口説かれてみたい。誘うときの大堂は、どんなに甘い男になるのか知りたかった。

けれど大堂も、あれだけのスタミナ料理を食べた後では、やはり余裕がないのだろうか。ベルトは乱暴に外され、ジーンズのファスナーが下ろされた途端に、啓のものはぶるっと震えた。

紺色のボクサーブリーフの前には、すでに小さな染みが出来ている。

こんな姿を見られて恥ずかしかったが、啓は黙って耐えた。

このままキスされるのだろうか。そして一気に脱がされて、大堂の手でまさぐられるのかと考えただけで、ますます染みは広がっていく。

「濡れるのは女だけじゃない。男も……すぐに股間を濡らす」

大堂は淫靡《いんび》な声で、啓の耳元に囁く。

「うっ……」

「今にも爆発しそうだな。だが、そう簡単に楽になってもらったら困るんだ」

「……」

大堂の言葉の意味が分からない。その手には細い赤のリボンが握られていて、一瞬だけ啓の眼前でリボンが揺れた。

「俺がいいと言うまで、解いたらいけない」

そう言うと大堂は啓のボクサーブリーフをずらし、興奮したペニスを手にすると、その根元をリボンで縛ってしまった。

「な、何？」

「シャワーを浴びてきていいが、これは外すな」

「で、でも」

シャワーを浴びたかったわけじゃない。興奮してしまったから、大堂に隠れて抜いてしまいたかったのだ。

なのにこんなことをされては、出したくても出せなくなってしまう。縛られたことなどこれまでなかったから、じんじんと痺《しび》れるような感じが嫌で、啓はまたもや全身をぶるっと震わせた。

「知らないのか？　長時間、そのままにしておくと、可哀相に、おまえのペニスは血が通わなくなって壊死《えし》するんだ」

「そ、そんなっ！」

だったらすぐに解いてしまいたい。けれど大堂からは、勝手を許さない雰囲気が伝わってきていた。

「簡単にさっさと抜くだけなら、そりゃただの排泄《はいせつ》行為だ。せっかく興奮しても、色気が身に付かないだろ」

「……」

「ぐずぐずするな。俺が解いていいって言うまで、精一杯、頭の中でいやらしいことを考えろ。そしてどうやったら楽にしてもらえるのか、自分なりに努力してみせろ」

「は、はい……」

啓は前を押さえた惨めな姿で、よろよろとバスルームに向かった。

そしてすべてを脱ぎ捨ててシャワーのノズルを手にしたが、震えてしまって上手く湯を浴びることも出来ない。

素晴らしいセックスを期待していただけに、やはりショックは大きかった。

「うっ……うう」

思わず涙が流れてきてしまって、嗚咽《おえつ》を聞かれないように啓は必死で口をつぐむ。

ここに来てから、ずっと優しくされていたから、それだけで大堂に愛されているような錯覚を抱いてしまった。

愛されていたんじゃない。やはり大堂は、貸した金をしっかり取り戻すために、啓を粗略に扱わなかっただけなのだとこれで思い知らされた。

愛された経験がないから、ああいうものが愛されることなんだと、勝手に勘違いしてしまうのだ。

赤いリボンは、濡れると微《かす》かに色が滲《にじ》み出てきて、啓の性器を血に染められたかのように見せている。何度流しても、ほんのりと赤く染まるのは変わらないので、啓はのろのろと体を洗い始めた。

「あっ……ああ」

いきたいのにいけない。この苦しさは、まさに今の啓の心情そのものだ。

思いは溢《あふ》れていても、そこから先に出すことは許されていない。すべてに大堂の許しが必要なのだ。

「そうだよな。僕を選ばなくても、大堂さんなら相手なんていくらでもいる……」

大堂を取り巻く華やかな世界には、美しい男女が大勢ひしめいている。彼らにとっても、大堂は十分に魅力的な存在の筈だ。

「父さんは……何で僕をここに来させたんだろう……」

誘拐されて臓器を毟《むし》り取られるより、成功した大堂の愛人になったほうがずっとましだろうという、父なりの心遣いだろうか。

「父さんも……大堂さんと寝たかもしれないのに……平気なのか？」

出せない精液同様、どろどろした感情は溢れて、行き場を失い啓を苦しめる。

もう限界だった。性器はこれまで知らなかった痛みで痺れたようになり、啓の頭の中にまで精液が溢れてきたかのようだ。

ざっと体を洗うと、バスタオルだけ手にしてふらふらとリビングに戻る。するとそこには大堂が相変わらず余裕ある態度で、ウィスキーのソーダ割を飲んでいた。

啓は大堂に近づくと、その足下に蹲り頭を下げた。

「助けて……ください。もう限界です」

「そんなことはないさ。まだ紫色にまで変色してないだろ」

口元に笑みを浮かべて、あっさりと言われてしまった。そうなるともう何も出来ない。

「どうした。ただ頭を下げれば、色気が身につくとでも思ってるのか？」

「だって、どうしたらいいのか、分からなくて」

「性欲の苦しみが少しは理解出来たか？　男も女も、性欲で苦しんで生きてる。中にはおまえみたいに、最初から何も感じない人間もいるにはいるが、それじゃあ駄目なんだ。性欲があるから、色気が生まれる。色気があるから、人を惹きつける力が生まれるんだ」

大堂が教えてくれることは、いつもなら心にも頭にも素直に染みこんでいくだろう。

けれど今の状態では、何を言われても駄目だ。啓は股間を押さえて呻《うめ》くしか出来ない。

「セックスなんて嫌いで、男は腕枕だけしてくれればいいなんて思ってる女もいるさ。だが、ほとんどの女は、男に抱かれたがってる。いや、抱きたがってるんだ」

「あっ……ああ」

この苦しみが、その女達の性欲と、どう関係しているというのだ。

このままでは啓の体は壊れてしまうのではないか。大堂の狙いはそれなのだろうか。

それとも大堂は、見かけの優しさとは違って、こういった加虐趣味の男なのかもしれない。

「ううっ、うっ」

意識が朦朧《もうろう》としてくる。自分でリボンを解けばすぐに楽になれるのに、どうしてもそれが出来ない。

啓は自分が、被虐趣味だったのかと思い始める。

「いい顔だ。鏡でよく見てみろ。性欲まみれの凄い顔になってるぞ」

大堂は蹲る啓を立たせ、壁に設《しつら》えられた鏡の前に連れて行った。

「泣いたり、笑ったりするだけじゃ足りないんだ。こういう汚れた顔も、おまえには必要なんだよ。やりたくて、やりたくて、頭がどうにかなりそうなんだろ？」

「んっ……あ、ああ……」

「この表情だ。こいつを頭に叩き込め」

そう言いながら大堂は、背後から啓の体を抱き締めてきた。

大堂に優しく抱き締められることが、して欲しかったことの筈なのに、今は別のことが啓の心を支配していた。

ただ抱き締められるだけでは嫌だ。

もっと激しく、他の誰かにするように、大堂に犯されたかった。

「お願い……キスして」

欲望はついに溢れ出し、言葉となって啓の本心を暴露する。

「誰に向かって言ってるんだ？　カメラはまだ回ってないぜ。無駄な演技なんてしなくていい」

「……お願いだから」

他の誰に言っているというのだ。啓は体に回されている大堂の腕を握り、強く懇願する。

「おまえがキスしたい相手は俺じゃない。カメラの向こうにいる、まだ名前も知らないおねぇさんだ」

そこで啓は激しく首を横に振った。

「違う。そんなのもうどうでもいい……どうでもいいんだっ」

「勘違いするな。おまえは、何のためにここにいるんだ。俺に抱かれに来たんじゃないんだろ。それともその体を差し出せば、五百万の価値があるとでも思ってるのか？」

「あっ……」

啓はそこで力なく首を横に振る。それと同時に、リボンがいきなり引き抜かれた。

愛も快感もなく、喜びすらもなく射精した。

ただだらだらと、体内から液体が滲み出たという感じでしかない。

これなら涙を流しているのと変わらない。そう思いながら、啓は泣いた。

「何で泣いたりするんだ」

頰に大堂の手が添えられ、親指が涙を拭っていた。

「恥ずかしかったのか？」

恥ずかしいぐらいならいい。

啓はたまらなく惨めだったのだ。

大堂に気に入られたくて、自分なりに努力を始めた。なのに大堂はそんな努力の結果を評価してくれることもなく、こんな恥ずかしいことをさせて笑っている。

本当の恋人には、決してこんな惨めな思いなんて味わわせはしないのだろう。

「二十年分、まとめて出したような気分だろ」

返事もせずに黙っていると、大堂は今度は啓を自分のほうに向かせて、丁寧に涙を掌《てのひら》で拭ってくれ始めた。

「セックスしたいって気持ちになれたか？」

「……」

「その気持ちを、もっと育てないといけない。いい子だな。今から、俺の見ている前で、自分で抜いてみせてくれないか？」

「……どうして……どうして、そんなことばっかり……」

「ぐちゃぐちゃになったおまえが見たいのさ……。羞恥心とかプライドとか、そんなものは捨てちまえ。そうしないと、生きた表情も生まれない」

そして大堂はキスをする。

まるで恋人のように、優しく、心の籠《こ》もったキスだった。

して欲しかったとおりのキスだった。だからこそ余計に悲しくなってくる。こんなキスをしてくれたからって、大堂は啓のことを決して恋人にはしてくれないのだから。

「ご褒美だよ。キスしたかったんだろ？」

「いいか、おまえがこれからやるのは、ゲームの中のキャラクターと一緒だ。だけど少し違うのは、おまえには生身の体があって、誰でも触ろうと思えば触ることが可能だってことだよ」

他の誰かに触られたいとは思わない。啓に触っていいのは大堂だけだ。そんな思いも大堂には通じない。

「触りたいと思わせる、悩殺的な表情が欲しい。俺にそれを見せてくれよ」

こんなに熱心に誘ってくるのは、大堂がこのゲームの演出家だからだ。啓はそんな大堂の期待に、まず応えねばならないのだろう。

「ここで……いいですか」

「ああ、ここでやってくれ」

リビングの真ん中で、自分を慰めろと大堂は命じる。それに逆らうこともなく、啓はその場に座り込み、大堂に性器が見えるようにしながら、自らの手で弄り始めた。

大堂は目の前のソファに座り、ただじっとして啓のすることを見ている。

「ぼ、僕が、こんなことしたって、大堂さん、何も感じないんですよね」

「そうだな。普通のことしてたんじゃ、俺は何も感じない。だからこそ、感じさせて欲しいんだ。おまえのその、世の中のことなんて何も知りません。まだ僕は子供なんですって言ってるみたいな顔が、男になる瞬間が見たい」

きっと大堂は、映画監督になっても成功するだろう。その強い口調に押され、いつか啓は何も考えず、ただ自分の欲望だけに忠実に動き出していた。

「あっ……ああ」

「いい顔だ。ここにカメラがないのが残念だよ」

「んっ……ん」

それほど頻度は激しくなかったけれど、いつもしていたような行為だ。なのにその単純な行為が、なぜこうも強く興奮させるのだろう。

大堂の存在がそこにあるからだろうか。

見られているる。見せているというだけが、こんなにも興奮を引き起こすものなのか。

「あ、ううう……い、いきそう」

さっきまでは行き場のなかった欲望が、今は自由に吐き出せる。そのことに安心して、啓のものは遠慮なく蜜を垂らし、最後を急がせていた。

「いい子だ。ちゃんと男になってるじゃないか」

大堂が微笑んでいる。その顔を見た瞬間、今度は派手に精を飛ばしていた。

翌朝、洗面所の鏡で自分の顔を見た啓は、あまりの酷さに悲鳴を上げた。

泣き腫らした目は細くなり、頬はこけて目の下には隈《くま》がある。これではせっかく精力の付く料理を食べても、何の効果もなかったということだ。

そういえばあれは夢だったのだろうか。

大堂の前で果てた後、気を失ったようにぐったりしていたら、大堂が啓を抱え上げてベッドまで運んでくれた。

それだけではなく、ご褒美だとまたキスをしてくれ、啓が眠るまで添い寝してくれていたような気がする。

思い出した途端に、啓の顔は一気に赤くなる。あんな恥ずかしい場面を見られた後、さらに優しくまでされたけれど、ではどんな顔をして大堂に会えばいいのだ。

だが逃げることは許されない。まずは昨日汚したリビングを、掃除することから始めないといけなかった。

リビングに行くと、すでに大堂は起きていた。そして誰かと電話している。その隙にそっと汚した辺りを点検したら、もう綺麗に掃除された後だった。

啓は先にコーヒーを淹れてから、ソファに座っている大堂の前にマグカップを置いた。大堂はブラックのコーヒーを、日に何杯も飲む。決して声を荒げるようなことはなかったが、淹れ方がまずいと文句を言われた。

電話をしてくれていて助かった。その間に朝食の準備が出来る。ここ数日は夕食を共にすることもあったが、大堂は仕事先の付き合いで飲みに行ったりするほうが多い。そうなると朝食だけが、二人で摂《と》る食事になってしまうのだ。

アスマはやはり天才なのだと思う。あれだけヘビーに思えた昨夜の料理は、今朝は啓の体のどこにも残っていないかのように消化されていた。

健康な空腹を感じる。だからチーズオムレツを作った。トマトとブロッコリーを添えて、綺麗に出来上がった皿をテーブルに並べる。

パンをオーブントースターで焼こうと思ったが、大堂がまだ電話中なので椅子に座って待っていた。電話は終わったようだ。大堂はソファから立ち上がり、ダイニングテーブルに近づいてくる。そのときに啓の顔を見て、思わず噴き出していた。

「ひでぇ顔だな。啓、あまり泣くな。おまえ、泣くとブスったれになる」

「……」

何も言い返せない。本当にそのとおりだった。

「それでも朝から元気はあるんだな。これを食べられるんだから」

チーズオムレツはかなりのボリュームがあって、皿から溢れ出ている。それを見たら、自然とそんな言葉も出てくるだろう。

大堂は料理に文句は言わない。自分では決して料理をしないから、作ってくれた相手に対して敬意を払っているからというのが理由だ。

ただし直すべきところは、きちんとアドバイスしてくれる。教えられたとおりにすると、確かに味や見栄えは格段とよくなった。

また何か言われるだろうか。チーズオムレツの感想を待っていたけれど、聞こえてきたのはそれとは全く違う言葉だった。

「安曇がいい部屋を見つけ出してくれた。今日中に移動しろ」

「移動って……」

「新しいおまえの部屋だよ。今度から、そこで暮らすんだ。毎日の様子を撮影して、それをネットでブログとして流す。細かい設定とか、コメントの返事なんかは専属のスタッフが代行するから、おまえは何もしなくていい」

その程度のことなら、啓だって簡単に出来る。だがそれをさせないのは、大堂なりにチェックをしていく必要があるからだろう。

「ここにはもう戻らなくていいってこと？」

「そうだよ。嬉しいだろ。やっとまた、自由な一人暮らしに戻れるんだからな。うん、チーズオムレツは旨いな。もう少し、量が少ないともっといい」

チーズオムレツを褒められたことの喜びよりも、言われたことの衝撃のほうが大きかった。

あんな恥ずかしい姿を見られたのに、大堂の態度に大きな変化はない。そのせいで安心して親密感が増し、このままずっと自然な感じで関係を続けていけるのかと思っていたら、やはり甘かった。

ここを出て行けと言われたのだ。

「今日は、大学も休みなんだろ？　カメラマン行かせるから、撮影のテクニックとか教えてもらって、使えるようないい映像撮ってくれ」

「あの……そのまま、そこに住み続けるの？」

「家賃の心配なんてしなくていい。俺が払ってやるから、安心して住んでろ」

「……ここにいたら、駄目なんですか」

すぐに生活出来る部屋を与えられ、家賃まで払ってくれるというのに、啓は素直に喜べなかった。

やはりここにいたい。この家で、こうして大堂の世話をして暮らしたいのだ。

「どうしても、出て行かないと駄目？」

「何だ、ワンルームが気に入らないのか。そりゃあ、この家のほうが快適なのは分かるが、贅沢の言える立場じゃないだろ」

大堂は何も分かっていない。

部屋の広さや快適さなんて、そんなものはどうでもいいのだ。そこに大堂がいればいい。すぐに触れられる近くに大堂がいることで、啓は生きることに前向きになっていける。

大堂にとって啓は、借金を返すまでの預かりものだったとしても、啓にとっての大堂はもっと違う存在なのだ。

安心して寄りかかれる。そして寄りかかっているうちに、自分の足下からしっかり根が張っていくような感じがしていた。

「一人になりたくない……」

そんな言葉しか出て来なかった。上手く本心を伝えられないのだ。想いを伝える方法を、どこかでしっかり学ぶべきだった。

だがそれだけの言葉で、大堂はとても優しい眼差しを啓に向けてきた。

「ずっと一人で暮らしてきたんじゃないのか？　なのに、今更寂しいなんておかしいだろ？」

「……そうなんだけど……大堂さんといるのがとても楽しかったから」

大堂としては、啓を厄介払いして、恋人の若い男をこの家に招きたいのだろうか。そこまでつい疑ってしまい、啓はますます暗く落ち込んでいく。

「あんなことされたのに、楽しいのか？　それとも、あんなことされたから楽しいのかな？」

「それ以外のことも、いろいろと楽しいから……」

では何が楽しいのだと訊かれたら、啓は返事に詰まる。

こうして一緒に食事をすることが楽しいのだ。テレビでニュース番組を観ている間、分からないことを大堂に訊ねると、丁寧に教えてくれるけれど、そんなことすら楽しい。

ワインやウィスキーを飲みながら、眉間に皺を寄せて考え込んでいる大堂の姿を見ているだけでも楽しい。

「ここに帰ってきたら、駄目？」

精一杯の媚びを含んで言ってみた。すると思っていたより簡単に、望んでいた答えは手に入った。

「いいけど……手抜きはするな。いいか、あっちの家でリアルタイムで生活しているように、ブログでは見せるんだ」

「やります。ちゃんとやります」

「大学行って、あっちでの生活レポして、それでこっちで家事もやる。レッスンだってこれまでどおりだぞ。特に、体作る必要があるから、ダンスとジムワークは絶対にさぼるな」

「は、はいっ」

確かに一人暮らしに戻れば、このハードな生活も少しは楽になるだろう。この広い家を綺麗に保ち、なおかつ大堂とのまともな食事を作るだけでも結構大変だ。自分一人なら、掃除も料理もすべて手抜きが可能だった。

忙しくなるのは分かっている。これまでの人生で、啓はこんなに忙しい思いをしたことがない。果たして保つのか不安ではあったが、大堂に愛されたいなら、ここはやるしかなかった。

床はナチュラルカラーのフローリング、窓には遮光性の高いベージュのカーテン。シングルベッドには、カーテンと合わせたのかベージュとグリーンの模様が入ったカバーを掛けられた、羽毛布団が置かれている。

ワンルームなのに、キッチンは対面式で結構広い。小型だが冷蔵庫も置かれ、オーブンレンジまで用意されていた。

「俺が、この企画の担当になったんで、よろしく」

すでに先に部屋に来ていた安曇は、啓がやってくるとまずそれだけ伝えてきた。

「山陵啓です。いろいろとお手数掛けると思いますが、よろしくお願いします」

啓よりそれほど年上には思えない、まだ三十にはなっていないだろう安曇に対して、啓は丁寧に挨拶をした。

「社長の考えてることって、先を行きすぎていて分からないこと多いんだ。今回も、やっと全体が把握出来たところ」

安曇はまるで自分の家のように、冷蔵庫から飲み物を取り出したりしている。

「もうすぐカメラマンの林《はやし》君が来るから」

「はい」

「それ、組み立てるの手伝って」

部屋にはかなり大きな段ボールの箱が、組み立てられていない状態で持ち込まれていた。二人がかりで箱にすると、安曇は笑い出す。

「この中に入ってってことだけど、俺さ、犬耳とか付けたほうが受けると思うな」

「あっ、本当に捨て犬ごっこやるんだ」

「ちゃんと映像に入るように、段ボールに拾ってくださいって大きく書けよ」

安曇はバッグの中から油性マジックを取り出し、啓に差し出す。

「なんか、学祭みたいで、恥ずかしい展開だな。山陵君、どうしてこの企画に参加する気になったの。マジで、男嫁とか目指してんの？」

「えっ……あ、はい」

安曇はこれまでのいきさつを知らないのだ。恐らく父の借金のことを知っているのは、大堂の秘書の村上だけなのだろう。その思いやりは嬉しいが、ここでどう答えたらいいのか分からない。

「専業主夫志望なの？」

「本当はゲーム作家とかなりたいんだけど……大学も、そのために行ってるんですが、僕、人間関係苦手で自信ないんです」

「へぇーっ、俺、山陵君って、可愛い顔してるからタレント志望なのかと思った。社長は自社でタレント売り出したりは、絶対にしない人だからさ。路線変えたのかと思ってたら、そうか、ゲーム関連なんだ」

何だか安曇は勝手に納得してしまったらしい。

「引きこもりには、専業主夫ってのはありだろうな」

啓がどうやって書こうかと悩んでいたら、安曇はシャープペンを取り出し、下書きをすればいいと示してくれた。

そんな単純なこともすぐに思いつかないのは、学生時代の様々な経験がなかったせいだろう。書き出すと何だか楽しい。忘れていた遊びの感覚が蘇った。そんな啓の様子を見ながら、安曇は訊ねてくる。

「山陵君って、掃除とか得意なの？」

「えっ、ええ、まぁ」

「今度、俺ん家《ち》、掃除してくんない？」

「えっ、いや、そういうのはカノジョとかがやってくれるんじゃないですか？」

その前に自分でやれよとは思うが、さすがにそういう強気な発言は出来なかった。

「付き合ってる女いるけどさ。掃除なんかぜってぇしねぇタイプだからな」

では二人して汚部屋に住んでいればいい。そう思ったから、わざと返事はしないままでいた。

「洗濯とか、料理もやるの？」

「やりますよ。僕の家、母がいなかったから」

あの家では学校には行かずに済んだが、その代わりに掃除や洗濯はやらされた。滅多に怒らない父だったが、掃除や洗濯をしないと本気で怒られた。そのせいで、この男嫁企画にも途惑わずについて行けるのだ。

「そっかぁ。オカンがいないと、やるようになんのかな。俺なんて、大学まで実家住まいだったからさ。何もやらないできて、一人暮らしになったら、やっぱ駄目だよな」

「掃除出来なくたって、仕事ちゃんとやれるんだから、それで十分じゃないですか？」

「そう？」

「僕は、もしゲーム作家になれないんなら、いっそ家事のプロになろうかな、なんて考えてます」

最初はそんな気持ちなんて全くなかった。今は、少し前向きに捉えている。これもまた、新しい生き方なんじゃないかと思えた。

啓にとって世界というのは、ゲームの中だけだったのだ。それだけでは生きてはいけないという良識を失わずに済んだのは、今思うと有り難いことだった。

新しいゲームやパソコンを買うために、バイトを始めたのもよかったのかもしれない。どんなゲームが売れるのか、とてもいい勉強になった。そうしているうちに、自分でもゲームを作れると思い始めたのだ。

けれどパソコンやゲーム機を奪われた途端に、改めて自分が何をしたかったのか、何が出来るのかと考えさせられた。

何も出来ないということはない。少なくとも、この企画でやるべきこと、家事の分野では、どうにかやりこなせるだけのスキルはあるのだ。

「ちわーっす。撮影、ここでいいですか？」

いきなりドアが開き、カメラバッグを手にしたがっしりした体型の若者が入ってきた。

「キッチンとリビングの二カ所、設置しますね」

彼がカメラマンの林なのだろう。林は慣れた様子で、小型のビデオカメラを設置していく。

「全部、セルフで撮影するって設定になってるから」

安曇に言われて、林は頷く。

「りょーかいっ。えっと、モデルさん、カメラの操作方法分かる？」

「えっ、僕ですか？」

モデル扱いされると恥ずかしい。けれど彼らにとって啓は、大堂社長の企画ものに出演するモデルでしかないのだ。

「リモコンで操作出来るから。カメラ固定しちゃうから、ここからカードで映像取り出して……」

「林君、大丈夫だよ。彼、ゲーマーらしいから、そういうのも詳しいだろ」

安曇に言われて、林はすぐに納得した。

「あっ、じゃ、操作方法とかも分かるよね」

「はい……」

ビデオの操作くらいなら出来る。画像をパソコンに取り込むなんて初歩的なことも、もちろん簡単にやれた。

「じゃあ、その箱に入って、テストしてみようよ」

林に言われて啓は、急いで『ひろってください』と、段ボールの箱に文字入れをした。

「林君、この企画、仕込みだっていうのはオフレコでよろしく」

「りょーかいしました」

啓にはその仕込みという意味が、まだよく呑み込めなかった。どうやらその場でたまたま起こった現実のように見せかけてはいるが、裏では用意周到に計画を練って撮影されたもののことらしい。ネタを仕込むとか、そういう意味なのだろう。

大堂の会社はそういった企画ものが得意で、テレビで放映されている事件ものや病院特集もので、かなり巧みな仕込みをしているらしかった。

今回もやはり仕込みだから、啓がやり始めたことのように見せないといけない。あくまでも自然に、啓が誰かの男嫁ちゃんになりたいと本気で思っているように、作っていかなくてはならなかった。

「箱入るとき、上半身脱いでいたほうがいいですか?」

啓の提案に、安曇は大きく頷く。

「そうだよな。捨て犬っぽくていいんじゃない」

「えっと……誰か、僕を拾ってください。こんな感じでいいですか？」

「あっ、キューとか出さないからさ。自分で好きなように撮ってよ。俺らその間、音立てないようにしてるから」

「そ、そうですよね。これ、いつも一人でやらないといけないんだから、誰かに確認なんてしなくていいですよね」

安曇と林は、もう自分達の仕事は終わったとばかりに、キッチンに入って啓の様子を見ていた。

恥ずかしい。大堂の前であれだけ恥ずかしいことをしたのだから、もう度胸は付いたと思ったが、どうやらそういうものではないらしい。

「うわっ、きた。恥ずかしい……」

こんなところで何をやっているんだという思いが、どっと溢れてくる。

この映像をネットで流したら、数少ない大学の友人達にも見られるのだろう。そこで浴びせられる失笑は、かつてダンスを習っていたことで、同級生達に笑われた小学校時代のものとどう違うのだろうか。

もしかしたらもっと酷いかもしれない。大学に行ったら、もう誰も啓を見かけて話し掛けてはくれないかもしれなかった。

元々、友達なんて呼べるほどの親しい人間はいなかったのだから、笑われてもいいではないか。今更、何を迷っている。とうに覚悟は決めた筈だと、啓は自分を励まし、そうやってテンションを上げていく。

誰に向けて発信するのか。知らないおねぇさん相手だと分かっていたが、それでは切実さが出て来ない。だから啓は、あえて脳裏に大堂の姿を思い浮かべた。

「誰か……」

誰かではない、それは大堂だ。

「僕を拾ってください」

大堂さん、僕を拾って、そのままずっと飼ってください。僕はあなたになら、どんなことをされても構いません。

「僕は、あなたの男嫁になりたいんです」

演技ではなく、本気の告白だった。すると恥ずかしさは消え、カメラを意識することもなくなった。

「掃除と洗濯は、かなりのスキルがあります。もちろん、アイロン掛けだって出来ます」

大堂はいつだって着ていたものはクリーニングに出す。だから啓のアイロンテクニックは、未だに披露されたことはない。

「料理は……プロ並みって言いたいとこだけど、まぁ、普通かな。このブログで、毎日、料理の場面を撮影して更新しますから、それで僕の実力を確かめてください」

料理はプロのアスマにも、手際がいいと褒められた。後は味覚のセンスなのだろうが、あまりレストランで食べ歩いたりした経験がないので、どういったものがおいしいと喜ばれているのか、啓にはよく分からない。

大堂は美食家だ。あの舌を毎日満足させるのは、かなり難しい。今はまだ文句は言わないが、もし本格的な同居となったら、遠慮なくけなされるのだろうか。

「働く気がないから、専業主夫になりたいわけじゃないです。やりたいことがあって、今は勉強中。いつかその分野でお金を稼げるようになりたいし、必要があればバイトだってしますす」

今は大堂のおかげでお金には困っていないが、出来ることなら新しいパソコンが欲しい。せっかくこの年までやってきたことが、ここで何も意味のないことになってしまうのは悔しかった。

「スイーツ、好きですか？　今、スイーツも研究中」

これは営業トークだ。大堂はスイーツなんてほとんど食べない。啓はここで自分の役目を思い出し、それらしいことを言ったのだ。

「僕と同じように、専業主夫になりたい人とか、こんな僕に興味があって、男嫁にしてやってもいいよって人がいたら、ぜひ、コメントよろしくお願いします」

そこで啓は軽く頭を下げると、ビデオカメラの録画スイッチを切った。

「いいね。いい感じ。自然でよかったよ」

安曇が拍手している。

「すぐに編集してアップしたいけど、この部屋、そういえばパソコンねぇよな？」

「……今、パソコン持ってないんです」

安曇と林は、怪訝《けげん》そうな顔で啓を見ている。こういった業界にいる彼らにしてみれば、まずパソコンがないというのはあり得ないことのように思えるのだろう。

「社長、忘れたのかな。録画したって、データのやりとり出来ないんじゃ、俺達も編集作業出来ないよ。しゃあねぇから、俺の使ってないの持ってくるわ」

「いいんですか？」

「いいよ。古いノートパソコンだけど、データのやりとりぐらいなら使えるし」

そこで林が、本当に不思議そうに訊いてきた。

「ゲーム作家になりたいんでしょ。それなのに、まさかパソコンも持ってないの？　それって、プロのカメラマンになりたいって言いながら、カメラ持ってないのと同じことじゃね？」

啓は苦労して段ボールの箱から出ると、そこでついに本当のことを告げてしまった。

「父さんが借金まみれで、僕のパソコンやゲーム機にソフトなんか、全部売っちゃったんです。住んでたアパートも追い出されて、大堂社長に助けてもらわなかったら、今頃、ホームレスだったかもしれません」

「ええーっ、マジで。それって酷くねぇ？　だけどそれが原因で、専業主夫になろうと思ったの？」

「いえ、そうじゃなくて。この企画に出ることで、お金になったらいいなって……せめてパソコンだけでも買いたいから」

恥ずかしい告白だったが、言ってしまえばどうということはない。何もないと開き直ってしまえば、怖いものはなかった。

「この企画がこけたら、どうなるのかな。今は、自分に出来ること、すべてに努力するつもりですけど、どうか……いろいろと教えてください。これからもよろしくお願いします」

啓が頭を下げると、安曇が優しくその腕を叩いてきた。

「大変だったんだな。いいよ、今日は、奢《おご》ってやるからさ、これから飲みに行かねぇ？　もしかして、自分の金じゃ、居酒屋にも行けないんだろ」

「えっ……ええ」

なぜだろう。実家だったボロアパートを出て、父と離れて暮らすようになってから、啓に対して誰もが優しくしてくれる。

大学でもあまり疎外されたとは感じていない。クラスメイトは、啓にとっては程よい距離の知人でいてくれた。

そしてこの企画に携わる人達は、最初こそ警戒されていたようだが、今は啓に対して皆が親切だ。

それは啓がこの企画の主役だからというだけではないように思える。啓にはどこか、誰かがここでこいつに教えてやらないと、このままじゃ危ないと思わせるような、保護欲を掻《か》き立てる雰囲気が備わっているのかもしれない。

「いいか。必要なもの買ったら、忘れずに領収書もらうんだ。そうしたら、この企画の経費で全部落としてやるから。生活費とか、上手く浮かせなよ」

安曇はどこまでも親切にしてくれるつもりらしい。啓は微笑みながら頷く。

「着る物とかは、川村のほうで用意してくれるんだろ？　あと、何かいるものあるかな？」

すると林が、感心したように言った。

「ああ、こういうのが、母性を刺激するタイプなんだね。そうか、それを売りにしてるんだ」

いや、母性なんて刺激しなくていい。父性も嫌だ。

それより大堂に、啓を側に置きたいという気持ちを、もっと強く持って欲しいだけだった。

今夜は安曇と林の二人から食事に誘われたので、こちらには帰らないと啓から電話があった。

ああ、そうと短く返事をして、すぐに大堂は電話を切ってしまったが、その後でなぜか落ち着かない気分になっていた。

なぜなのかは、あまり考えたくない。

間違っても、啓がいないことで寂しいなんて思いたくはなかった。

オフィスの椅子に座って、明日の番組撮影スケジュールを確認していたが、電話を受けた途端に気がそがれて、数字も言葉もすべて頭に入らなくなっていた。

今夜は啓がいない。

家に帰っても、誰もお帰りなさいと出迎えてはくれないのだ。

そんなことはいつもだった。たまに気の合う恋人が出来ても、すぐに別れてしまって一人に戻る。

そうなると、誰もいない家に帰る日々が普通のこととなる。

啓がいないくらいで、何だかつまらないと考えている自分を認めたくない。

大堂は意地っ張りなのだ。

「毎日、生き地獄だな……」

若くて魅力的な肉体が、手の届くすぐ近くにある。しかも啓のあの様子では、明らかに大堂に惚れているようだった。

「お預け状態か……」

自分でもよく我慢していると思う。けれどさすがに昨夜は刺激が強すぎた。意識を失った啓を抱えてベッドに運んだ後、何と大堂は添い寝をしてしまったのだ。

しかもただ添い寝をしただけじゃない。ここ何年もしたことがなかった、自分で自分を慰めるなんて愚かな行為を、啓の寝顔を見ながらやってしまった。

「何で俺がこんなに遠慮しなくっちゃいけないんだ。いい子じゃないか。いっそ、五百万で愛人契約したことにしちまえよ」

けれどそれでは、ここまでやったことに意味がなくなってしまう。

やはり意地があって、そう簡単に引き下がれなかった。

「あれは商品……仕込みに使うモデルだと思って、さっさと追い出せよ。何だって、また家に帰るなんてことを認めたんだ」

独り言を呟いている自分も情けない。

以前の自分、クールでタフな自分に戻りたいと大堂は願った。そのためには、啓がいなくて寂しいなんて思わずに、一人の気軽さで飲み明かせばいいだけだ。

「村上、アスマ先生の店、予約取ってよ」

秘書の村上を社内電話で呼び出すと、大堂は少し無茶な注文をした。アスマが経営するレストランはかなりの人気で、三カ月待ちが普通の状態なのだ。

そんなことで呼び出されたと、村上はかなり機嫌を損ねたようではあるが、すぐに電話をするために姿を消した。

どうやら村上は、大堂の前で電話をしたくないらしい。独自の秘書テクニックを、知られるのが嫌なのだろう。

しばらくすると村上は戻ってきて、いつものようにクールな表情のまま告げてくる。

「予約は取れましたが、ただしアスマ先生もご同席されるそうです」

「ええっ、そんなＶＩＰ待遇はいらないんだが」

「よろしければ、私も同行しましょうか？　今夜から、彼はあちらのワンルームでしたよね」

「……ああ」

変に気を回すなと言いたいが、その一言でまた意見などされてはたまらないから、大堂は黙っていた。

「山陵さんについてですが……あ、お父様のほうです。闇金から、借り入れしていたみたいですね。叔父《おじ》さんの娘婿が警察官らしくて、そのつてで、闇金とは片を付けたようです」

村上は事業報告でもするように淡々と口にする。けれどその内容には、大堂も驚いた。

「よく調べたな。それで、今はどこにいるんだ」

「さぁ、どうやらホームレス状態のようですね。店があった町には戻っていないですし、親戚の家に居候しているという情報もありません」

ホームレスになるなら、あんな地方の町ではなくて都会がいい。そうなると山陵は、まだこの近くをうろついているのだろうか。

山陵が今の啓を見たらどう思うだろう。

僅か数日で、印象が大きく違ってきている。いかにも健康そうで、若く、そして啓は美しかった。そんな自分の息子に、山陵は嫉妬しないだろうか。

大堂の脳裏に、西日に照らされた教室が蘇る。

誰もいない教室で、窓辺に佇んでいた大堂は、近づいてきた山陵にいきなりキスをされたのだ。

『好きだよ。好きなんだ。勇磨、大好き』

キスをした後で囁く山陵の少し舌足らずなその言葉が、簡単に思い出されてしまって、大堂は苦いものを口中に感じる。

あの頃は、確かに山陵を好きだった。いい思い出のままにしておいてくれればいいものを、そうはさせないつもりらしい。今になって、過去の亡霊に悩まされることになるなんて、大堂に予測が出来ただろうか。

「社長、親子で面倒見るおつもりですか？」

村上の質問には、いつだって感情は込められていない。今の質問もそんな口調だったのに、大堂には哀れみが感じられてしまった。

「それほど俺もお人好《よ》しじゃねぇよ」

「よかったです。親子で修羅場……なんて、あまりにも泥臭いですから」

「はっ？」

つまり村上は、山陵と大堂の関係を知っていて、さらに啓との関係も疑っているということなのか。

「修羅場になるわけないだろ。俺は啓には手を出してない。いい人ってやつを、ずっと続けてる。これからもだ」

「そうでしたか……」

だが村上の顔は、全く信じていないように見えた。

「ジュニアのほうは、大人しく新しいワンルームに行きましたか？」

「安曇達と飲んでる。社交性皆無なのかと思ったら、そうでもないみたいだな。どこに行っても、可愛がられてる」

「そうですね。企画立ち上げたら、もの凄い数の求婚者が現れるかもしれませんよ」

それが狙いだ。求婚者が押しかけて、話題になればいい。そうしたらすぐに写真集とレシピ本を出す。ＤＶＤも特別編集して出してやってもいいと思っていた。

「素人が受ける時代だからな、ああいう天然のキャラが受けるんだろう」

「ジュニアを売り出すつもりはないんですか？　実は付き合いのあるプロダクションから、もうオファーありましたけど」

「早くねぇか？　誰がそんな情報流したんだ」

そこで大堂は、今夜予約したレストランのオーナー、アスマのことを思い出した。

「そうか……おねぇの口の早さを忘れてた」

自分で仕掛けておいて、もう忘れている。どうかしているなと、大堂は苦笑する。

「意外に化けるかもしれませんよ。顔とスタイルはいいし、性格も悪くない。ちょっと体力面とメンタル面が心配ですが、それさえどうにかすれば、タレントとしてやっていけるんじゃないですか？」

「どういうキャラで、タレントやらせるんだ？」

「男嫁ちゃんそのままでいいじゃないですか。メディアはいつだって、バラエティ番組にちょこっと顔を出して、受けることの言えるタレントを探してますからね。人気のあるうちに稼がせて、そのうちにドラマの端役でももらえれば、しばらくは生き残れますよ」

村上がこんなに熱心に語るのは珍しい。そんなに啓を売り出したいのだろうか。売れるのはいいことなのだろうが、大堂としては複雑な気持ちになってくる。

業界に入って揉まれたら、啓の素直さなんてすぐに消えてしまう。人気のあるうちは勘違いして、自分が特別な存在のように思い始めるものなのだ。

けれどすぐに凋落《ちょうらく》の瞬間は訪れる。高く上がれば上がるほど、落ちたときの落差は大きい。そのせいで人格なんてものは、見事に歪んでしまうのだ。

そんなふうに啓にはなって欲しくない。それより、やりたがっているゲームクリエイターにでもなってくれたほうがずっといい。ゲームクリエイターでは稼げないというなら、稼げるまで今のように大堂の家の家事をしていればいいのだ。

そう考えると、まるで大堂が啓を男嫁として欲しがっているように思える。

いや、本当に欲しいのだ。

なのに大堂は、意地を張って痩せ我慢している。

村上を伴って退社した。そして六本木《ろっぽんぎ》にある、アスマの店に向かった。

アスマとは古い付き合いだ。まだアスマが、ケイタリングサービスのコックでしかない頃に、大堂は知り合っている。

お互いにゲイだというのはすぐに分かったが、残念ながら大男で髭面《ひげづら》だった当時のアスマは、大堂の好みのタイプではなかったから、友人という関係で済んでいた。

「あら、いらっしゃい。昨日の料理はどうだった？　かなり効いたでしょ。ワイルドな気分になったかしら？」

店に入った途端に、特別室にアスマ自ら案内してくれるのはいいが、そのときに身を寄せてきて、おねぇ言葉で囁かれると落ち着かない。

「アスマ先生、無理言ってすまなかったね。昨日、あれだけアスマ先生の料理食べたのに、今夜もまた食べたくなっちまったのは、何か仕掛けをしたのか？」

「やあね、そんな魔法みたいなことが出来るんなら、とうに一大チェーン店にしてるわ。それより啓ちゃんは一緒じゃないの？」

そこでアスマは、ちらっと村上に目を向ける。その顔には、何であんたがここにいるのと書いてあるかのようだった。

完全個室の特別室には、すでに大堂好みの酒の準備が出来ていた。席に着くと、すぐに料理が運ばれてくる。どうやら電話が入ってすぐに、アスマは大堂のための料理を用意させたらしい。

「今夜は、アスマ先生は料理しないの？」

「チーフに任せているから大丈夫。それより、啓ちゃん、どうだった？　苦しがってなかったかしら？」

にやにやと笑って訊かれると、大堂は答えたくなくなる。

苦しむ啓をいたぶったなんて答えたら、アスマの怒りが爆発するだろう。

料理と共に、冷酒が出てきた。アスマの料理は、無国籍料理と呼ぶべきなのだが、今夜はどちらかというと和食テイストになるらしい。

「からすみか……」

同じ皿の上に、からすみと一緒にボラのお造りが乗っていた。からすみというのは、ボラの卵を加工して作る。

親子なんだよなと思いつつ食べていたら、次には鮭《シャケ》とイクラのサラダが出てきた。

「あれ？　何だよ、お魚シリーズか？」

大堂と一緒に、出てきたものを食べている村上は、料理の意図に気が付いたのか、ハンカチで口元を覆ってこっそりと笑っていた。

さらに鱈《タラ》のフライに、タラモソースを添えたものが出てくると、アスマの意図は明らかになった。

「鱈の子供はタラコだよな。鮭の子供はイクラで、ボラの子供はからすみだ。アスマ先生、次に親子丼が出てきたら、テーブルひっくり返してもいいか？」

「あら、何でそんなに怒ってるの？　意味が分からないんですけど」

「啓から、何か聞き出したんだろ。それでこの歓迎メニューになったんだろうが」

アスマはそこでふんっと大きく息を吐き出し、大堂に向かっていつもよりずっと低い声で話し掛けてきた。

「大堂さん、親子丼が怖いのね」

「親子丼って、どういう嫌みなんだ、これは」

「まだ親のほうに未練があるの？」

「はっ？　おい、アスマ先生、何を聞いたのか知らないが、啓の父親のことか？」

それしかないだろう。この変に優しいシェフは、どうやら啓のことを気に入ったらしい。そして話を聞いて山陵との過去を想像し、こんな余計な真似をしてくれたのだろう。

「未練も何も、とっくに忘れていた相手さ。それがいきなり借金のかたにって、息子を置いていったんだぞ。それが、何でこんな親子丼非難の元になるんだ」

「大堂さんが、父親に遠慮してるからよ」

「はっ？」

「キャビアも出したかったけど、残念ね、親のチョウザメが手に入らなくて」

さらっと躱《かわ》されたが、大堂にもアスマの言いたいことは伝わった。

山陵に遠慮して、啓に手を出さないことを非難されているのだ。

「食べちゃえば、親子だろうが何だろうが、関係ないわよ」

「その前に、あいつは商品だ。俺は、売り物には手を出さない」

「そんなの言い訳。大堂さんは、父親に遠慮してんの。もしかして、まだ未練あるのかなって思ったりしちゃうのはそこよ」

「あるわけないだろ。これまで生きてきた人生のうち、たった半年くらいの間、仲良くしてただけの相手だ。しかも当時は高校生で、男しかいない学校に閉じこめられてたんだからな」

男のくせに、いつもいい匂いをさせていた山陵の体が、ふと脳裏に蘇る。

刷り込み効果というものがあって、大堂の男の好みはその後もずっと、あの時点の山陵になってしまったのかもしれない。

若くて可愛げがあって、よく笑う男が大堂の好みだ。それは今も変わらない。

「あいつは卒業後、さっさと女を見つけて結婚したんだ。元々、そっちだったんだよ。なのに学校が学校だったからな。勢いでそうなっただけだ」

「あら、そうかしら？　もしかしたら、あなたの気を惹くために、わざと結婚したのかもしれないわよ。そう思わない？」

「どうしてそういう発想になるんだよ」

「大堂さんは追わないでしょ。だから追わせてみたかったの。なのに失敗したのよね」

アスマの勝手な憶測なんて聞きたくない。どうせ何か言われるだろうと分かっていたのにここに来たのは、そんな憶測よりも、ふんぎりの付かない自分を叱って欲しかったからだ。なのにアスマは、勝手に一人で盛り上がっている。

「あたしはね……啓ちゃんは、彼からのプレゼントだと思うの」

「はっ？」

ますますアスマの発言は怪しくなってくる。こんな話を村上にまで聞かせたくないなと思ったが、村上はいつもと変わらず無表情で、ひたすら美食を楽しんでいた。聞いていても、聞かなかったことにしてくれるだろうか。そう思いつつ、大堂はさりげなく村上のグラスにビールを注《つ》ぎ足してやる。

すると村上は、軽く会釈して旨そうにビールを飲んだ。

「自分が叶えられなかった夢……大堂さんの側に、ずっといたいって夢を、啓ちゃんに託したんだわ。だから啓ちゃんは、彼のコピーなのよ。それが分かってるから、大堂さんは啓ちゃんに手が出せないの。そうでしょ？」

「コピーじゃない。啓のほうがずっと賢いし、性格もいいさ」

「そりゃそうよ。だって自分の欠点までは、コピーしないでしょ」

アスマはドラマチックに物事を捉えたいだけだ。そんな深い思いを抱いて、山陵が啓を育てたとは思えない。

「学校に行かせなかったのも、行ったらそこで誰かに攫《さら》われてしまうと思ったからよ」

「大学には普通に行ってるぜ」

「そうよね。東京の大学で、なぜかあなたの家からとても近いわ」

確かに啓は、大学まで自転車で通っていた。偶然にも啓が通う大学は、大堂の家に近かったのだ。こんな出会いをしなかったら、どこかで偶然出会うということもあったかもしれない。

「彼の計画は、病気と借金のせいで途中で崩れたのよ。もっといい形で、啓ちゃんをあなたに紹介して、あなたが動揺するところを見たかったんでしょうけど」

「いいね、アスマ先生。ドラマに使えるよ。今度、テレビドラマのディレクター紹介しようか？」

「紹介してもらおうかしら。結末は、啓ちゃんはあなたに気に入られ、目出度《めでた》く愛し合うようになる。すると彼は、そこでまた、あなたを今でも愛していたことに気付いて苦しむのよ。どう、ドラマチックじゃない」

「ああ、そうだな。それよりアスマ先生、これで今夜の料理はおしまいか？」

皿にはもうほとんど何も残っていない。村上が珍しく旺盛な食欲を見せた結果だった。

「シメは、軍鶏《シャモ》のスキヤキよ。玉子をたっぷり付けて食べてね。親子スキヤキなんだから……。遠慮なんてしないのよ。親子をガッツリと食べてちょうだい」

もう怒る元気もない。アスマの言うとおりだ。やはり山陵の影がどこかにちらついているせいで、啓に対して遠慮があるのは事実だった。

「しかし、何だってアスマ先生は、そんなに俺をけしかけるんだ？　村上は啓をタレントとして売り出せなんて言い出すし、みんなどうかしてる」

不思議なもので、最初は地味な印象しかなかった啓なのに、今では啓を取り囲む人間達が、必死になって手助けしてやろうとしている。

ネットで公開したら、これは本当に化けるかもしれない。そうなったら、ますます啓を手に入れるのは難しくなりそうだった。

　家に帰ると真っ暗なんだろうなと思いつつ、大堂はタクシーを降りる。あれから三軒の店で飲み、程よく酔っぱらっていた。

「村上は、どこで逃げたっけ？」

　業界関係者と騒いでいる間に、するっと消えたような気がする。明日も仕事ですからと言われて、大堂も帰るように促されたが、素直に帰る気にはなれなかった。

　家が暗い。そう思うともっと騒いでいたくなってしまったのだ。

「俺はガキか。現実逃避……なんてのをやってんのかよ」

　玄関を開けようとしたが、鍵が思うように入らなかった。最近はこんなに酔うほど飲んだことがなかったから、体も狼狽《うろた》えているようだ。

「んっ？」

　ところが鍵を使わなくても、玄関のドアはすっと内側から開いた。

「お帰りなさい……」

　そう言って大堂を出迎えたのは啓だった。

「何で、おまえがここにいるんだ？　今夜はあっちにいる筈じゃなかったのか？」

「どうしてもこっちに帰りたくて、帰ってきちゃいました」

ふらつく大堂の体を、啓はすぐに支えてくれた。

啓の体からは、シャワーを浴びた後の匂いがする。男でも啓の体臭は薄く、すぐに使っているボディソープやシャンプーの匂いが染みついてしまうのだ。

「んっ……いい匂いだ」

思わず啓の体に鼻を寄せてしまう。すると啓は、大堂を支える腕に力を込めてきた。

酔った勢いで、このまま押し倒してしまおうか。そう思って啓を抱き寄せてみたが、大堂はあろうことか酔いすぎていた。

下半身までも酔っていて、とても情熱を呼べるような状態ではない。

「ベッドに横になって。脱がせるけど、パジャマは着る？」

部屋に入り、ベッドに座らせられた。啓は大堂の上着を脱がせ、続いてシャツのボタンを外してくれる。

「パジャマなんて、俺は着ないんだ。モンローと一緒さ。コロンしか身に付けない。なんてな……しかし、いい展開だ……」

されるままになりながら、大堂は時折啓の体に触れ、愛しげに撫でさすった。

「なのに……俺は、酔っている。バカみたいに飲むからだ」

啓がいない寂しさを埋めるために、飲んでいたのではなかったのか。こんなことなら、適当に切り上げて帰ればよかったと思ってももう遅い。

啓の手はそのままベルトを外し、大堂のパンツまで脱がせてしまう。そうなると残っているのは、黒のボクサーブリーフだけだが、さすがにそれまでは啓も脱がしてはくれなかった。

「水、持ってくるから」

声が掠《かす》れている。きっと啓は発情しているのだ。

今なら酔いを理由に、やってしまえるのにと思いつつ、大堂はぐったりとベッドの上に横たわっているだけだ。

「水はいい。どうせ、持ってくる間に寝ちまう。それより……」

大堂は腕をゆっくりと上下させる。そして啓を誘った。

「寝るまで、側にいてくれよ。抱き枕になってくれ」

「……」

啓は躊躇《ためら》った後、するりと大堂の腕の中に飛び込んできた。

「ああ……いい子だな。啓は……可愛いよ」

酔っているというのは、すべてにおいて免罪符となる。だから大堂は、いつもは決して言わないような、でれでれとした甘い口調で囁いていた。

「うん、可愛い。可愛いな……」

「大堂さん……僕のこと、好き？」

「おまえ、俺が酔ってると思って、そんな初歩的な質問するのか？」

「今なら、本当のことが聞けそうだから」

「くだらねぇ。酔った男の言葉ほど、いい加減なものはないんだぞ」

だから本当のことは決して口に出来ない。

啓を好きだが、ここで言うべきではなかった。

「じゃあ、違うこと聞くから教えて。父さんとは……やった？」

「……」

西日が射し込む大堂の自室で、初めて山陵を抱いたのは何年前のことだろう。夕暮れのあの時間、まだ母は帰宅していなくて、家にはいつも大堂一人だった。そこに毎日のようにやって来ては、大堂を求めてきた山陵の姿が蘇り、そして消えていった。

「いつの話だ。おまえが生まれる前の話だろ」

腕の中に啓の体がある。そのしなやかな体が、大堂に混乱を引き起こす。

あれはもう終わったのだ。その後、何人もの男をこの腕に抱いてきた。けれどそのうちの誰一人として、今、顔が思い浮かばない。

過去の夢の中にいるような気がしてはいたが、夢と大きく違うのは、啓の体は熱く、とてもいい匂いがすることだった。

大堂はその体を撫でさすり、情熱を呼び起こそうとする。

けれど下半身はお利口なままで、劇的な変化など何も起こりはしなかった。

「父さんを愛してた？」

その質問には、大堂は苦笑いで答えるしかない。

「仲良しだっただけさ……」

「じゃ、何で別れたの？」

その質問にはすぐに答えられる。今でも別れたことは正解だったと思っているし、後悔は一切なかった。

「失敗は何でも人のせいにするだろ？　あれが、俺には耐えきれなかった」

「……そうだったんだ」

「そうさ。失敗したって、それは自己責任だ。反省して、また前に進めばいい。俺は、そうやって生きてきた。生き方の違いさ」

大喧嘩《おおげんか》して、山陵は泣きながら出て行った。

それきりだ。その後、一度として山陵と二人きりになったことはない。

「何で、そんなことばかり訊くんだ？」

ここにはいない山陵が、なぜか二人の間に重くのしかかってきて、お互いの気持ちを暗く沈ませる。

「僕は、父さんとは違うから……僕を、僕として見て欲しい」

啓の告白を、大堂は聞かなかったことにした。

今、そんな言葉を聞いてしまったら、抱いてやらないと失礼になってしまう。

けれどまだ駄目だ。まだ駄目なんだと言い聞かせているうちに、自然と大堂は眠りの世界へと引き込まれていく。

「僕じゃ、駄目ですか？」

そんな声が耳元で聞こえたような気がしたが、大堂は返事をするより、眠りに逃げていた。

何かが起こりそうで、結局は何も起こらない。

日々はただ静かに流れていく。

酔った勢いなのか、啓を抱いて大堂は一晩眠ったけれど、翌朝は何事もなかったかのように、平然といつもと同じ顔をされた。

愛されるのは、もう無理なのだろうか。大堂は啓に魅力なんて感じないのかもしれない。そう思えてきて、気分はどんどん落ち込んでいく。

精力のある男盛りの大堂が、抱き締める以外に何もしないというのは、やはりおかしいだろう。それは啓が大堂にとって、恋人候補ではなく、息子のような存在でしかないということなのだ。

諦めればいいと思うが、なかなか簡単に出来ない。大堂は恩人なのだから、報いるには金を稼げるようになればいいのだが、それもすぐには出来ず、ブログも始まったばかりだった。

いつまでこの静かな関係は続くのだろう。

厄介なのは、大堂が時折とても優しい顔を見せて、啓に希望を持たせてしまうことだ。まったくその気がないのなら簡単に諦められるのに、そうさせないのは大堂のずるさなのだろうか。

今日も一日忙しい。大学の授業の後、ジムで体を鍛えて、夜には料理教室だった。

ダンスとジム、それに料理が啓の必須科目として残されたが、やはり料理が一番好きだ。それはアスマという教師が、これまで啓が知っていた、どんな人間達とも違った、不思議な魅力に溢れていたからかもしれない。

しかもアスマの作る料理はおいしくて、もっと食べたいという気持ちにさせられるのだ。

個人で料理を教えてもらうには、アスマは忙しすぎる。そこでアスマが主催している、独身男性ばかりの料理教室に入れてもらった。

早く着くと、自主的に準備を手伝う。そうして今日も手伝っていたら、アスマがやってきた。

「あら、今日もお利口ね。どう、あれから、少しは進展あった？」

「いいえ、何も……」

アスマには、つい大堂とのことを何もかも話してしまう。いけないことなのかもしれないが、啓には他に相談出来るような相手がいないのだ。

「やっぱり、僕じゃ無理ですよね」

大堂が好きだと言える相手が、一人でもいるのは嬉しい。けれどもアスマに、笑顔で報告出来るようなことは何もなかった。

「もう諦めるの？」

「だって……こっちに来てからもう一カ月近くになるのに、酔った勢いで添い寝してくれたぐらいで、何もないんですよ」

そこでアスマはうーんと唸《うな》り、じろじろと啓を見つめてきた。

「いったい、この体のどこが不満なのかしら。色気が足りないのかな？」

それはよく言われることだった。そのためにアスマ直伝の精の付く料理を食べ、今では健康な性欲を手に入れている。

なのに大堂が相手をしてくれることはなく、啓は一人で寂しく自分を慰めていた。

「毎日のように、あの料理を食べていて、大堂さん何もしないの？　もしかして他に男がいるんじゃない？」

「そうでしょうか……」

大堂と一日中、一緒にいるわけじゃない。夜だって大堂は、自由に飲み歩いているのだ。その間に、誰かと何かあっても、啓には知りようがなかった。

「ねぇ、迫り方、間違えてるんじゃない？」

アスマは小首を傾《かし》げて、困ったように啓を見る。そんな仕草は女性的なのに、アスマの外見は逞しく男らしいのが不思議だった。

「だいたいねぇ、男同士でどうやるのか、啓ちゃん知ってるの？」

「えっ？」

知っているとはとても言えない。男女のセックスですら、本当はよく知らなかった。

「知らないの？　それじゃあ、さすがに大堂さんも引くかもね」

「な、何でですか？」

「あの人、あまり遊んでいないような子は苦手なのよ。いい感じになっても、やっぱり女のほうがいいなんて言い出されたら傷つくし」

それは父のことがあったからだろうか。またはそんなことが、過去に何度かあったのかだ。

今日使う食材を、それぞれの調理台に配りながら、啓はアスマに言われた意味を考えた。

だったら、いっそどこかで経験してしまったほうがいいのだろうか。そうしたら大堂も安心して、啓に手を出すのだろうか。

だが、男に抱かれたいのではない。大堂に愛されたいだけだ。

大堂が男とセックスするような男でなかったら、啓も息子か弟のように愛されればいいと思っただろう。だが大堂の性癖を知ってしまった。性欲が男に向くのなら、すべてこの身で受けたい。

恋愛などしたことのない啓は、ただがむしゃらに大堂を独占することばかり考えてしまう。だが、肝心の手に入れる方法が、まるで分からなかった。

「僕が子供っぽいから、駄目なのかな」

「あら、そんなことはないわよ」

今日は魚を一匹下ろすので、発砲スチロールのケースの中に入った魚を、アスマは熱心に点検している。胴体がまん丸な鯖《サバ》で、きらきらと輝く綺麗な波紋を見せていた。

「大堂さん、子供っぽい子好きだもの」

「じゃ……何で駄目なんですか。やっぱり商品だから？　それとも……父さんの子供だから？」

そこでアスマは、小さく頷いた。

「商品だからじゃないわ。あの人は、商品だって関係ない。好みなら押し倒すし、手をつけたら逆に、商品として売らないことだってするわよ。問題は……お父さんね」

「だったら悔しいです。どう頑張っても、僕は父さんより先に、大堂さんと知り合うことは出来なかったんだから」

そろそろ生徒達もやってくるだろう。これ以上、プライベートな話は出来ないと思っていたら、アスマが近づいてきて耳元で囁いた。

「やり方ぐらいなら教えてあげるわよ」

「……でも……」

「安心していいわ。あなたに手を出したりはしないから」

それを知ったら、何かが変わるのだろうか。けれどそんなことをアスマに教えられたと知って、大堂が機嫌を損ねるかもしれない。

大堂としては、啓がそんなことをわざわざ学ぶのは、許せないと思うだろうか。それとももう子供ではないのだから、そんなことは知っていて当然と無視されるのか。

「あそこの使い方を教えてあげるわ。やり方が分かれば、どう迫ればいいか分かるでしょ。大堂さんだって、そろそろ限界の筈よ。意地になってるだけ。もう一押しで落ちるわよ」

アスマに励まされたけれど、本当に大丈夫だろうか。不安ではあったが、このままぐずぐず何もしないでいるより、少しでも前に進むためには努力する必要があると、啓も感じていた。

「教室が終わったら、あたしの家に寄りなさい」

「いいんですか？」

「ただし……今日は手伝ってね。あなた、片付けの手際もいいし……。本音を言えば、大堂さんなんかさっさと見切りつけて、うちで働いて欲しいくらいだわ」

「えっ、あっ、ありがとうございます」

アスマはいい人だ。けれど返せるあてもない相手に、五百万の金を出すまでの男気はない。

やはり大堂に惚れた一番の理由は、あの懐の深さなのだと思う。どんなに探しても、大堂の代わりなんてないように思えた。

ワンルームの部屋で、今夜の撮影のためにビデオをセットしていたら、インターフォンが来客を告げていた。

誰だろうと思って出て行くと、何と大堂だった。大堂が自らこの部屋に出向くなんて初めてのことだ。いつもはビデオの内容を確認するだけで、撮影の最中に来ることもなかった。

珍しいこともあるなと思いつつドアを開けたら、いつもと違う険しい表情の大堂が立っていた。

大堂は明らかに怒っている。

怒られたようなことをしただろうか。

している自覚があって、啓は青ざめた。

「メディアが注目してくれ始めて、どうにか金になりそうなこのときに、何、ふざけたこと言ってるんだ？」

いきなり叱責されて、啓は項垂れる。

大堂に隠し立ては出来ない。何をしても、すぐに見抜かれてしまう。

相談した相手が悪かったのかもしれない。やはりアスマは、真剣に相談に乗るというより、ただ面白がっていただけなのだ。だからあの後すぐに、啓が相談したことをそのまま大堂に告げたのだろう。

「こんなものまで用意して……男とやれる体になりたかったのか？」

バッグの中身をベッドにぶちまけられた。すると中から、恥ずかしいものが飛び出してくる。アスマがくれたバイブレーターは、こんな場面で見るととても滑稽だ。色がピンクなのもいけない。ビニール袋に包まれたままでも匂う、安物の香り付けも何だか情けなかった。

「大堂さんが……好きなんだ」

こんな形で告白なんてしたくなかった。

けれどここではっきりさせておかなかったら、啓のしていることはただの性的な暴走に思われてしまう。

「そんなことは分かってる。だが、もう一度冷静になって考えてみろ。あんな情けない父親に育てられた反動なんだろう。おまえは、大人の男に憧れてるだけだ。恋愛と憧れをごちゃまぜにするな」

「そうじゃないよ。大堂さんだから、好きになったんだ」

精一杯の告白も、大堂の胸には何も響かないのだろうか。怒ってはいるが、相変わらず大堂の態度は冷静なままだ。

「どうして、他の男の子の相手はするのに、僕を無視するの？　そんなに嫌われてるのかな」

「おまえを抱いたら、喜ぶのはおまえの親父だけさ。それですべて借金が帳消しになると思ってるんだからな」

結局はそれなのだ。啓はいつまで経っても、父の呪縛から自由になることは出来ない。

「その借金が返せるめどがついたっていうのに、こんなものまで用意して、何、一人でさかってるんだ！　性欲があるんなら、カメラに向けろよっ。迷えるおねぇさん達に、飢えたおまえを見せつけてやればいいじゃないか」

「頑張ってるけど……」

「女を抱けない、男に抱かれるだけの男になりたいのか？」

大堂はビニール袋を引き裂き、中に入っていたものを啓の眼前に突きつける。

「それがどういうことか分かってるのか？　結婚は難しくなるし」

「しないよ、結婚なんてしない。僕は父さんとは違う。僕は、大堂さんから逃げない。大堂さんだけを、ずっと想って生きていける」

「それが甘いっていうんだ。いいか、おまえの人生はだな、まだこれから何十年もあるわけで、その間、ずっと俺だけを好きなままでいられるのか？　自信満々に言ってくるが、何を根拠にそんなことが言えるんだ」

大堂の巧みな言葉に、ここで負けてはいけない。

手に入れたければ、ここは啓も本気になって戦うしかないのだ。

「男とセックスすれば、気持ちいいとでも思ってるのか？　親父がどう教えたのか知らないが、気持ちいいだけじゃないんだぞ」

「そんな脅しには……乗らないから」

「アスマの野郎、余計な入れ知恵しやがって」

大堂はそこでベッドに腰掛けると、苛立ちを抑えるように深呼吸してから言ってきた。

「いいだろう。そんなに試したかったら、やってみるがいいさ。そいつを突っ込んでから、ついでにその口で俺を楽しませてもらおうかな」

「えっ……」

時折、大堂はこんなふうに残酷になる。それを受け入れなければ、大堂に選ばれる資格はなくなるのだから厄介だ。

「口でしたことも、されたこともないんだろ？　ゲーゲー吐かれても嫌だが、これはおまえの間違った認識を正すための指導だ。こんなことさせたからって、俺がそのままおまえを愛人にするなんて思うな」

「あ、愛人になんて、してくれなくていい。僕は……大堂さんの男嫁になるんだから」

決意を口にすると、大堂は信じられないといった顔で、啓を見つめてきた。

「マジで、そんなこと考えてるのか？」

「愛人なんて、中途半端は嫌だ。大堂さんだって、本当は、ずっと側にいてくれるような相手を待っているくせに、どうしてそれが僕じゃ駄目なのか分からない」

「何を意地になってるんだ？　まさか……おまえ、親父に何か言われたのか？」

「言われてないよ」

どう戦っても、過去には勝てないというのか。今この場に、父との過去を持ちだして欲しくなかった。

「意地になってるのかな。自分でも、自分が抑えられないんだ」

啓は大堂に見せつけるようにして、自ら服を脱いでいく。そしてアスマからもらったバイブレーターを手にした。

「大堂さん、僕がお金を返したら、それでみんな終わりになってすっきりする？」

「……まぁな」

「僕が目の前から消えても、寂しくない？」

「……」

大堂はそこで返事をしなかった。その沈黙の間が、すべての答えになっているような気がする。

「大堂さんの側にずっといるには、男嫁になるしかないじゃん。違ってた？」

「愛人とか、恋人って発想はないのかよ」

「そんなの嫌だ。そういうのは、飽きてすぐに捨てるような相手の呼び名なんだから」

バイブレーターにクリームをたっぷり塗り込めて、ゆっくり挿入すれば入ると教えられた。小型なのだそうだ。それでも駄目なら諦めろと、アスマは教えてくれた。

大堂のものは、こんな子供じみた大きさではないのだろう。それを受け入れるための準備として、一人でこっそり使ってみようと思っていたのだが、それは許されないらしい。

「映像の僕は、本物の僕じゃない。あれは作り物だよ。僕は、ここにいる僕は、いつだって大堂さんに抱かれたがってる」

「そんなに言うんなら、口でするのも抵抗ないよな？　どこかで、しっかり予習してきたのか？」

皮肉っぽく言われたけれど、啓はそんなことではめげなかった。

「今からするのが予習だよ。どうすれば気持ちいいのか……分からないから、どうか、僕に詳しく教えてください」

「俺と寝たからって、親父に復讐したことにはならねぇぞ」

「父さんは関係ない。これは僕と大堂さんの問題だ。お願いだから、僕と父さんを切り離して考えて」

クリームを塗ったバイブレーターを、啓は大堂に向けて差し出した。

そして真剣な目で訴えた。

「こんなことしたからって、借金を返せたなんて僕は考えない。これは……その後の僕らの関係のためにやってることだから」

「おまえ……本気なのか？　本気で、それが自分のためにいいことだと思ってるのか？」

「うん、これが本気だって証明に繋がることだと思う。大堂さん、僕、自分で入れられない。助けて……ください」

そこで大堂は、声を出して笑い始めた。

つられて啓も笑ってしまう。情けなくて泣き笑いみたいになってしまったが、それでも笑っているうちに心は少し軽くなっていた。

「アスマにどう教えられたんだ。自分で入れられないようなもので、どうやって練習するつもりなんだよ」

「よく分からないけど……これを毎日使っていれば、自然と迎え入れやすくなるからって」

「笑わせてくれるじゃないか。いろいろと楽しませてくれてありがとうと言いたいとこだが……啓、ここの初物は俺にくれるべきじゃないのか？　それをこんな安物のバイブにくれちまうのか？」

「えっ、ええっ、そ、そうなの？　これでも、浮気したことと同じになるのかな」

「はっ？　本気にすんな。ただ、バイブにちょっと嫉妬しただけさ。よし、まずは俯《うつぶ》せになれ」

やはり自分のしていることは軽率なのかと、啓はそこで今更のように考えた。こんな姿を見せてしまったら、大堂も引いてしまうだろうか。

「僕……バカだよね」

「ああ、底無しのバカだな。そこまでして、俺の側にいたいのかがよく分からない。世界の半分は女で、そのうちの十パーセントは啓と釣り合うような女達だろう。男の十パーセントもゲイだと仮定したら、啓のセックスの対象はかなりの数になるぞ」

「まだ分かってないんだ？　僕がしたいのはセックスじゃない。大堂さんを手に入れるために必要だからやってるだけだ」

「ずいぶん健気《けなげ》じゃないか。泣けてくるね」

大堂の声には、どこか皮肉っぽさが感じられる。けれどもう引き下がれなかった。

床に這《は》い蹲《つくば》る格好になった。そして啓は、自分の体にされることを予習する。

予習は一つじゃない。もう一つの課題があるが、そっちのほうは全く自信がなかった。

「いいか。ここにものを入れたからって、それはセックスしたことにはならない」

「……」

「セックスってのは……相手があってするもんだ。いつ、本気でやるか分からないのに、痛い思いして試してみたいか？」

こんなもの使わず、大堂が直接やってくれればいいのだ。なのにそれが出来ずに、二人してこんな愚かなことをしている。

「いいよ、したくなければ、一生、してくれなくてもいい。それなら、大堂さんを嫌いにさせてください」

「そうだな。嫌いになればいいわけだ」

余計なことを言ったかなと後悔する間もなく、その部分にぬるぬるしたものが押し込まれていた。

「あっ……」

スイッチを入れたのだろう。人工的なぷるぷるとした振動が伝わってきて、落ち着かない気分になってくる。

「んんっ……へ、変な感じ」

「もっと変な感じにしてやろうか？」

そこで大堂は、ゆっくりと入れたばかりのものを動かし始める。入り口にすっと戻したと思うと、また奥まで入れることを繰り返していた。

「あっ……ああ……」

落ち着かない、逃げ出したいような気分がつきまとう。そのうちに、何だかもやもやした感じが体の奥に生まれていた。

「よし、そのままで、今度は口の予習をやれ」

「ど、どうやったらいいか、分からない」

「ならやめるか？」

「い、嫌だ。やるから」

「熱心だな。おまえはいつだって、教え甲斐《がい》のあるいい生徒だよ」

大堂はベッドに腰掛け、ベルトを外してその部分だけを大きく開く。するとゆったりしたパンツの奥に、いつもの黒い下着が覗いた。

「啓があんまりおかしなことばっかりして突っ走るから、こんな場面でも興奮しなくなってるぞ」

「ご、ごめんなさい」

「悪いと思ったら、俺を楽しませてみろ」

「どうすればいい？　どうやれば」

「アイスバーを舐《な》めるつもりでやるんだ。感じる部分は、おまえだって分かるだろ」

たとえ裸になっていても、大堂にとって今の啓は、とても色っぽいと思えるような存在ではないのだろう。

下着の奥から現れたものは、すっかり萎えていて力なく項垂れている。

啓はすでに興奮している自分のものを見て、恥ずかしさに顔を赤らめた。

「僕に、色気がないから、どんなに誘っても……駄目なんだ」

「そうだな。可愛げはあるが、色気はねぇな」

だから大堂は興奮しない。悲しい思いで、啓は大堂のものをそっと口に含んでみた。

柔らかいままのものを、ただ舐めていても大堂に変化は訪れない。

「どうして……興奮しないの……」

「まだ俺が悩んでいるからさ」

「悩むって……」

「啓は可愛いが……こんなに真剣で一直線だとな。受け取るほうにも覚悟がいるのさ」

大堂にとってこの関係は、啓が一方的に自分の気持ちを押しつけているだけのものなのだろうか。

キャッチボールのように、大堂から思いが返ってくることは永久にないままなのか。

「好きな人を楽しませたいだけなんだ。それって、そんなに悪いこと？」

「楽しむだけならな……悪いことじゃない」

大堂は優しく啓の髪を撫でながら、再びその部分へと啓の口を誘導していく。

「ただ舐めてるんなら、犬や猫と一緒だろ。吸い込むって、テクニックの使い方も覚えろよ」

「んっ……」

「先っぽの裏側が、感じやすい。自分の手でやってみて、どこが感じるか分かってるだろ」

「んっ、んんんっ」

必死になって、今度は吸い込んでみた。けれど喉奥まで入ると、むせて嘔吐《えず》いてしまう。どう教えられても、上手くいかない。啓は自然と涙目になっていく。

挿入されたものは、相変わらず無機質な振動を繰り返し与えている。だが愛情の欠片もないそんな動きでは、もはや啓も新たな興奮を呼び起こされることはなかった。

「んっ、んんっ」

「強くだ。もっと強く吸え。俺の中から、おまえが欲望を引きずり出すんだ」

「んっ、んんっ、んっ」

「うん、少しはよくなってきたな」

確かに大堂のものは、大きく膨らんで啓の口中いっぱいになっていた。

これがいつか、今は無機質なバイブレーターが入っている場所に、導かれることになるのだろうか。

そうするには、大堂の心が必要だ。

二人で楽しもうという気持ちに、大堂がなってくれなければ何も進まない。

顎と舌が疲れてきた。こんなに続けても大堂のものは、あっさりといくようなことはない。微かな苦みのするものを先端に滲ませるだけで、一向に終わりに向かう気配はなかった。

「疲れたか？　俺は、こんなゲームに慣れてる。だから、なかなか終わらない」

ゲームも慣れてくると、簡単には終わらない。二百円あれば、ゲームセンターでも長時間遊べたことを啓は思い出す。

それと同じだと思ったら、大堂を攻略するヒントが見えたような気がした。

「相手を変えても、しているゲームはいつだって同じだ」

「同じじゃないよ……。だって、このゲームは、終わりがないんだから」

唇を離し、啓は挑戦するように口にする。

「どっちかが死ぬまで、ずっと続くゲームなんだよ」

「そういうのは、まだやったことがねぇな」

「だから、今からやるんだ」

再び大堂のものを口に含み、啓は舌先に神経を集中させた。すると大堂のものが、びくっと震えたように感じられた。

それが刺激になったのか、啓のものもだらだらと蜜を垂らして震え出す。

「んっ……」

どうやら体勢を変えるために動いた拍子に、バイブレーターが一段と奥に入り込んでしまったらしい。そのせいで、これまで知らなかった変な感じがどんどん広がっていて、啓は今にもいきそうになってしまった。

「あっ、んっ、やっ、やっ、あっ」

「やっとツボを見つけたか？　ま、初回ならこんなもんだろう」

大堂は啓の顔を遠ざけ、再び背後に回ってバイブレーターを激しく抽挿し始める。

「あっ、あああっ」

途端に啓のものは弾けて、だらだらと精液を床にぶちまけていた。

このまま続けられたら、またもやいってしまいそうだ。いつだって啓は、最後まで正気でいられない。ぐずぐすになって、自分を見失ってしまう。

今もそうなりそうで、何とか冷静になりたかったが無理だった。

「俺にも意地があるんだ。金のために……啓を抱きたくない。分かれよ、それぐらい」

「んっ、んっっ」

「終わらないゲームのつもりなら……途中、苦しみが長引いてもいいだろ？」

大堂の手の動きによって、またもや啓のものはいきたそうに震え出した。すると大堂は、啓の両足をしっかりと閉じさせて、その間に自身のものを割り込ませてきた。

「あっ、やっ、あああっ」

二本のもので、同時に犯されているような気がしたが、大堂のものは中まで入ってくることはなく、啓の感じやすい裏側の部分を激しく刺激してくる。

「ここまでやっても、まだ何もしてませんって面をするのが俺だ。汚いよな」

「んっ、んんんっ」

「いい子だな、啓。もし山陵に会ったら、何もされてないって言ってくれると嬉しいよ」

太股《ふともも》の間で、大堂のものがこすられている。その感触だけでも、十分に刺激的だった。

「ああっ、あっ」

また射精してしまったのだろうか。どうもいってしまうとぐったりなってしまって、自分が何をしているのか分からなくなってくる。

これはセックスじゃない。セックスしたんじゃない。言えと言われたから、そう言うけれど、ではこれはいったい何だったのだろう。

啓の体は、初めて大堂の出したもので汚されたようだ。けれどその生温《ぬる》い感触は、終わっても冷静な大堂によって、一瞬で綺麗に拭い去られてしまった。

啓のブログが開設されて一週間もすると、閲覧数はかなり増えていた。最初はバイトが機械的にアクセス数を上げていただけだったが、そのうちに本物の閲覧者が加わり、彼らがリピーターとなってアクセス数が上がりだしたのだ。

『男嫁に行きたい！　誰かもらって！』

それがブログのタイトルで、今日も画面の中では、啓が料理を披露していた。

『今朝は、チーズオムレツです。このとろっとチーズが溶けて出るのが、たまんないよね』

普通のTシャツの上に、赤いギンガムチェックのエプロンをした啓が、器用に玉子を片手で割ってボウルに入れている。続いて手早く菜箸でかき回して、調味料の説明をしていた。

その様子を見てから大堂は、ずらずらと書かれたその日のコメントに目を通す。

あまりに酷い書き込みは削除した。当初からいろいろ書かれる覚悟はしていたが、やはりあからさまに『このおかま野郎』とか、『ヒモですか！』なんて書かれると不愉快になる。

コメントに対する返信や削除は、すべて専任のスタッフに任せていた。不用意な発言で、ブログが閉鎖に追い込まれるなんてことはよくある。商品化する前に、潰されてしまっては意味がない。ネットにはネットなりのルールがあって、それに精通したものがやはり必要なのだ。

「えーっと、今日の啓のスケジュールは、どうなっていたかな」

午前中は大学の講義に出席、午後はダンススタジオと、その後でアスマの料理教室だった。

この二つは、特に力を入れている。歌唱レッスンはやめさせた。歌手デビューさせる気はないし、啓があまり興味なさそうだったからだ。それよりもジムワークに力を入れたほうがいい。

『専業主夫って、いっぱいいるんだね。僕は、自分だけが特別なんだと思ってたけど、先輩達からたくさんコメントもらえて嬉しかったです』

啓はカメラに向かって、自然な口調で喋っている。

撮影は日中だったり夕方だったり、結構バラバラだ。リアルタイムでやっているように見せているが、上手く編集してある。これも朝食のように撮っているが、実際は昨日の夕方に撮っていた。

「……いい感じだ。プロ臭くない。だが、素人にしては、ほどよく練れている」

画面の中にいる啓には、どこにも以前の暗さはない。今の生活を心底楽しんでいるのが感じられた。

『もし、誰も男嫁にしてくれなかったら、プロのハウスシッターになろうかなって考えてもいるんだよね。僕は、働きたくないんじゃなくて、家事って呼ばれているものをやりたいだけなんだけど、やっぱりコメントの中には、いろいろ厳しい意見もあるんだ』

家で作っているのより、ずっと見栄えのいいチーズオムレツが出来上がり、白い皿の上にちんまりと盛られている。

『家事は仕事じゃないの？　ハウスシッターに頼むと、お金取られるよね。家でご飯食べたらタダってみんな思ってるでしょ？　だけどこのチーズオムレツ、ファミレスで食べたらお金払うことになるんだよ』

とつとつと話す啓の口調は優しい。これなら女性の好感度はかなり増す筈だ。

「毎日、熱心にコメント書いているのがいるな。そろそろファンが出てきたか？　いい傾向だ」

ここまで順調にやってきた。なのに大堂は、啓にまだパソコンを買い与えていない。

データは安曇の古いパソコンで処理しているようだ。不自由しているかもしれないが、それでいいと大堂は思っていた。

啓を異次元世界に戻してはいけない。もう少し人間世界に馴染んだら、ゲームはあくまでもゲームとして楽しめるようになるだろう。

だが啓を使ってのゲームは、これからが本番だ。

啓を売らないといけなかった。

「安曇を呼んでくれ」

社内電話で村上に命じると、大堂はいよいよ本格的に動き出す腹を決めた。

そうしないと、いつまで経っても自由になれない。

もう意地を張るのはやめようと思う。結局、どんな形を取ったって、啓に手を出していることに変わりはないのだ。あのままでは啓だって、気持ちの持っていきようがなくて辛《つら》いばかりだろう。

安曇がやって来た。啓の企画は順調に動き出したので、今は他の仕事を三つくらい掛け持ちしてやっている。そのうちのどれで呼ばれたのかと、安曇は考えているようだ。

「そろそろ山陵啓の写真、撮らせよう」

いきなり言われて、安曇はしばらく考え込んでいたが、一番経済的な方法を思いついたようだ。

「それじゃ、ビデオクルーの林君に、今回もやってもらいますか？　彼、写真もやるみたいなんで」

「いや、プロを雇おう。グラビアだったら、中内《なかうち》だな。彼、押さえろよ」

「えーっ、だって、中内真樹雄《まきお》って、グラビアアイドル専門じゃなかったですか？」

「いいんだ。グラビアアイドル撮るみたいに、啓を撮らせろ」

売れっ子の若手カメラマンを使うからには、それなりの出費は覚悟だ。さらにそれだけでなく、その写真を使った写真集を出すことも考えないといけない。

「いきなり、えーっ、あんな売れっ子に撮らせるんですか？」

「そうだよ。それに十分見合う話題性が必要だな。メディアに売り出せ」

「もう準備はしてますが、少し早くないですか？　まだ一週間ですよ」

「いいんだ。今は大物芸能人のスキャンダルもないし、特別な事件もない。こういうとき、メディアは暇つぶしのネタに飢えてる。どんどん、こっちから情報流していって、協力してやれ」

大堂は急いでいる。ネタはもう仕込んだ。これを売って、早く金にしたかった。

「一週間だ。その間に、何とかしろよ」

「はい……分かりました」

安曇は渋い顔をしたが、出来ないとは言わなかった。

「川村と田丸にも、写真撮影のための準備させとけ。いい感じで肉がついてきたから、雰囲気も最初の頃とはかなり違ってきただろう」

「はい……それで、あれですか。一度、ブログ読者とデートって企画やりますか？」

「そんな企画あったかな？」

「ありましたよ。最初の頃、あまりアクセスが伸びなかったら、ヤラセで盛り上げて行こうって」

本当の読者ではいろいろと面倒なことになるので、あらかじめ仕込んでおいたサクラの読者と、啓が一日デートをするというものだ。

動きがあっていい企画だ。そう思ったのに、なぜか大堂は了承することを躊躇っていた。

「あっ、えーっと、それは少し後でもいいや。ブログ開始から、一カ月ぐらいで、ネタ枯れした頃にやればいいだろう」

自分でもあまりにもバカバカしいし、どうかしている、と思った。啓が女とデートするのが不快なのだ。しかもそれはヤラセであって、本当に付き合うわけでもないのに、大堂はつまらない嫉妬をしている。

「写真集出してくれる出版社は、社長にお任せでいいですよね？」

「ああ、いい。俺がやる」

どうせそんなに売れるものじゃない。知り合いの小さな出版社に頼んで、形になったものを出せばいいだろう。

　メディアが啓を取り上げてくれて話題になれば、上手くすればもっと売れる。そのためにも急いで作らせる必要があった。

「あ、デート企画のサクラ要員は、コメント欄にハズミさんで入ってます」

「んっ……？　ああ、あの熱心に書き込んでるのサクラだったのか」

　パソコンのモニターに目を向け、新たに情報を更新した大堂の手は止まる。

「安曇、何だ、これは？　大手ブライダル雑誌から、モデル依頼のメールが入ってるぞ」

「えっ、えーっ」

　安曇は大堂の体を押しのけるようにして、モニターに映し出されたコメントを見た。

「本当ですね。どうしましょう？」

「いいよ。好きにしろ。啓がやりたがるなら、やらせてやれ」

　何かがパチッと爆《は》ぜたような気がした。

　予想外のことが起こりそうなとき、大堂はこんな予兆をいつも感じる。もしかして啓は、本当に化け始めたのかもしれない。

「啓君、まだ大学ですよね？」

「ああ、ダンスレッスンの前に時間あるな。ランチして、そのときに啓に伝えよう」

「は、はい。出来れば、モデルの仕事受けるように進めてください。自分が担当した仕事で、特別の大当たりってまだないけど、もしかしたらこれ、当たるかもしれませんよね？」

「そうだな……」

安曇が飛ぶような勢いで、大堂のオフィスから飛び出していく姿を目で追いながら、柄にもなくため息など吐いてしまう。

テレビCMもやっているような、大手の結婚情報誌だ。モデル採用となったら、余計な宣伝費なんて必要はなく、勝手に啓を売り出してくれるだろう。

そうなれば放っておいても、写真集やレシピ本は売れる。

喜べ、当たりだ、いい当たりクジを引いたんだ。いつもなら、そう思って単純に喜べた。なのに今回は複雑だ。

啓が自信をつけてしまったら、自分の元から離れていくのではないかと、大堂は不安になってきたのだ。

これまでも不安はあった。それは売れたことで、啓が高慢になって人生を失敗するというものだった。だが今は、そんな心配はしていない。啓は見かけよりずっとしっかりしているから、多少ちやほやされたくらいでは、自分を見失うようなことはないだろう。

不安になるのは、これで啓が完全に自立してしまうことだ。

親なら子供の自立を願うのは当然だろう。けれど大堂は、啓の親でも保護者でもない。啓にとって、自分がどういう位置にいるのかとなったら、至極曖昧な位置だ。

まだ恋人でもない。ただ面倒を見てやっている恩人でしかないのだ。

今は啓が必死になって大堂の関心を引こうとしているが、もっと自信がついてきて、自分でやりたいようにやれるとなったら、大堂が存在する必要を感じなくなるのではないか。

「そうか……俺は、保護者面が出来なくなると、どうやら駄目らしい」

男の自己満足の典型例だ。ほら、俺がいないと君は駄目なんだ。俺が君を守ってあげるからと言って、相手を支配することで満足する。

「ガキだって、いつかは親離れする。ずっと誰かに依存しているような人間は、駄目だろ」

山陵を嫌いになった理由はそれだった。何をするにも、大堂がまずやってやらないといけなくなってしまったのだ。それが上手くいっているうちはよかったが、一つでも上手くいかないことがあると、山陵は執拗《しつよう》に大堂のせいにして責めるようになった。

依存相手が大堂から妻に変わっただけで、結婚しても、山陵の態度は変わらなかっただろうと思う。それが結局は、離婚に繋がったのではないか。

「俺も悪かったんだ。あいつのことをあんなにガキ扱いしないで、もっと男として認めてやればよかった」

なぜ、今頃になって、こんな反省心なんて抱くのだろう。

もう大堂は分かっている。啓と山陵を、ここではっきり切り離すべきだ。

貸した金はもうじき戻ってくる。そして啓は自由になるのだ。

その後どうするのかは、啓が決めることだった。相手はもう子供じゃない。一人前の男なのだから、啓の意思を尊重すべきだと思う。

そこで大堂は、自分が果たして最終的に選ばれるのか、自信がなくなったのだ。

「世の中の半分は男で、そのうちの十パーセント近くがゲイだとしたら……啓の相手は何万人いるんだろう」

そんなことを思いながら、啓にメールする。

「俺達にしては珍しい。ランチデートか？」

そういえば、そんなありふれたことも、これまでしたことがなかった。

啓がどんな大学で、何を学んでいるかも知らない。日中はどこにいようとあまり興味はなかったのに、今頃になって意識している。

大学まで迎えに行ってやろうと思った。そんなことをしたら、啓は迷惑がるだろうか。それとも喜んでくれるのか。そんな態度の変化も知りたい。

「あれっ？」

何だかわくわくしている自分がいた。どこか照れくささのある高揚感に包まれて、大堂は苦笑する。

啓に対して愚かになる自分を、今は許してやりたい気分だった。

大堂にとって、大学に来るのはそんなに珍しいことじゃない。大学祭などを仕事で受けているので、年に何回かは様々な大学を回っていた。

仕事抜きでも、大学に来るのは楽しいものだ。なぜなら美しい若者達が、大勢いるのだから。

来客用の駐車場に車を止め、啓がやって来るのを待つ。その間にも、しっかりと目の保養に繰り出したが、そこで大堂は、自分の視力が異常なのかと疑いだした。

歩いている学生達の姿が、誰も皆同じように見える。着ているもので多少の違いは分かるが、大堂が声を掛けたくなるような魅力的な若者は皆無だった。

「やばいな……いよいよ枯れたのか？」

以前だったら、こんなふうに大学校内を歩いている間にデートに誘えそうな若者を物色したものだ。なのに今の大堂の目には、彼らのすべてが風景の一部としてしか捉えられない。

これまでと何が違うのか、答えは自然と見つかった。

ほとんど色もないような世界で、その若者の姿だけははっきりと目に入った。

白いふわふわのカーディガン、赤いギンガムチェックのシャツ、少しゆったりしたジーンズは、裾をほど良くロールアップして穿いている。

髪は自然なカットで、小顔である美点を生かしていた。

歩き方はモデル並みだ。ダンススクールでの特訓が実を結び、ヒップアップ効果のある綺麗なウォーキングを披露している。

最初の頃の地味な印象は消えた今でも、決して派手な男には見えない。けれど周囲の若者達とは違う存在感があって、つい視線が引き寄せられる。

大堂に気が付くと、啓は笑った。

金を払うから笑えと命じたのは、いつのことだっただろう。無理に笑っていた頃に比べて、今の笑顔は何倍も素晴らしい。今では自然に、そんな笑顔が出来るようになっていた。

「大堂さん、わざわざ迎えに来てくれたんだ……ありがとう」

弾むような足取りで近づいてきた啓を見て、大堂も微笑む。

「これまで視力には自信があったんだけどな。いよいよやばい。乱視かな」

啓が自分の横に並ぶのを待ちながら、大堂は呟いた。

「眼科に行って検査したら」

「老眼かもしれないなんて、冗談でも言うなよ」

「言わないよ」

おかしそうに啓は笑う。するとその周りの空気までも、きらきらと輝いたかのように見えてしまった。

「目がおかしい……。俺の目は、啓しか見えていない」

ああ、愚かなことを口走っている。今更、口説く必要もない相手に対して、なぜこんな言葉を口にしてしまえるのか不思議だ。

「あんなに若い男が歩いているのに、最悪だ」

大堂は目をこすりながら、照れ笑いを浮かべた。

「大堂さん、何かあった？」

喜ぶのかと思ったら、逆に啓は不安そうに訊いてくる。

「んっ、まぁ、いいニュースはあるが、それよりどうだ、ブログの反響は？」

「うん、今日、学部が違う一つ上の女の子から、あのK君って、君でしょって言われた」

「もうばれたのか」

それはばれるだろう。啓の雰囲気は、明らかに他の学生から浮いている。

「すまなかった。コンピューター……何科だったか？　パソコンもないと不自由だっただろう？」

授業を受けるのに、当然必要なものだった筈だ。けれど啓はこの一月《ひとつき》近く、欲しいと言えずに黙っていたのだ。

「学内のパソコンで出来ることはやったし、安曇さんが貸してくれたので、どうにかなってるから」

「またゲームの世界に入り浸るんじゃないかなんて、つまらないこと考えてしまった。不自由しただろう？」

「リアルタイムが充実してたんで、やることいっぱいあったから、ゲームやりたいって気持ち、自然となくなってったよ」

啓は自然な感じで、大堂の腕を掴んでくる。人目があるから、そういうのはやめておけといつもなら言っただろうが、今日のおかしな大堂としては、でれっとした顔でそのままにさせているほうが自然だった。

「ね、いいニュースって何？」

「まだ自分のブログ、見てないんだな？」

「見てないよ。授業中だったし……」

「金になりそうだ。大手の結婚情報誌からオファーがあった。テレビCMも流しているようなところだ。こっちが大きく動かなくても、自然とメディアを引き寄せられる」

飛び上がって喜ぶと思った。けれど啓は、呆然《ぼうぜん》とした感じで暗い表情を浮かべる。その顔は以前の暗さとほとんど変わりない。

「何だ、嬉しくないのか？　すぐに写真集も出してやる。売れっ子のカメラマン押さえるから」

「……それで借りたお金は返せる？」

「ああ、多分、それ以上になるさ。芸能事務所が声掛けてくるだろうが、他とは契約するな。安曇を通して、仕事の話はするようにしろ」

いつものように仕事モードで話をすると、啓は黙って聞いている。

「ランチの席で、詳しく打ち合わせしよう」

「……うん……」

「それと、お祝いだ。パソコン、買ってやるから、目出度い日にそんな暗い顔すんなよ」

啓が不安そうにしているのは、これで大堂との関係が切れてしまうのを恐れているのだろう。それは大堂も同じだった。

「これで終わりじゃない。これからやっと、始まるんだ」

励ますように言って、大堂は駐車場に駐めた自分の車に向けて、キーのリモコンを操作する。ロックが解除された瞬間、大堂は何かを感じて背後を振り向いた。

駐車場の出入り口に、灰色の影のようなものが佇んでいた。よく見ると、グレーのナイロンパーカーを着た男が、目深にフードを被《かぶ》った姿だった。

こちらから顔は見えない。なのに大堂は、その男がじっとこちらを見ているように感じた。

啓もすぐに大堂の様子に気が付いて、後ろを振り返る。すると男は、慌ててその場から走り去ってしまった。

「父さん？」

走って啓が後を追った。大堂は一緒には行かずに、車に乗り込んでいた。

二人で探せば、見つかる可能性は大きいだろう。けれど見つけて、そしてどうするのだ。

まさかここにきて、山陵は啓を連れ戻すつもりだろうか。特別の嗅覚で、啓が金を稼ぎそうだから、再びその前に姿を現したというのか。

そんな勝手な話はないだろう。山陵がそのつもりでいたなら、今度こそ本気で殴ってしまいそうだ。

「ホームレス状態なら、啓のことなんて何も知らない筈だ。それともネットカフェか何かで、啓のブログを見たのかな」

啓の変化を知って、そこに金の匂いを嗅ぎつけた。大堂はそう解釈してしまったが、違っていただろうか。

そんな複雑なことではなくて、ただ親として心配だから様子を見に来ただけかもしれない。

もう闇金に追われることもなくなって、暮らしに余裕が出てきたとしたら、真っ先に迷惑を掛けた息子の元にやってくる筈だ。

それで会いに来たのだろうか。

なのに逃げた。それが気になる。

「俺に遠慮したらしい……」

どうせ遠慮するのなら、そのままずっと遠慮していてくれと思う。

啓がどんなに大堂に惹かれていたって、山陵が困っているとなったら、啓は父親を助けるために大堂の元を去るのだろう。

「また息子をあてにするつもりか……」

大学を退学させて就職すれば、自分を養ってもらえそうだと山陵だったら考えそうだ。啓だったら自分を見捨てないと、確信しているに違いない。

「駄目だ……啓。残酷かもしれないが、あんな父親は捨てろ。稼げるようになったら、金を分け与えるのはいい。だけど、無償の愛なんてものは、いくら捧げたって無駄だ」

どんなに可愛く思っても、親には負けるのか。そう思った途端に、大堂は変な意地を張って、素直に啓の気持ちを受け入れなかったことを強く反省した。

大堂に対する気持ちを、あれだけ正直にぶつけてくれたのに、きちんと受け入れてやれなかった。なのにこの手から逃げ出しそうになって初めて、まともに啓に対する自分の思いを認めるなんて、あまりにも愚かだ。

「いつから俺は……まともな恋愛なんてものから、遠ざかってたのかな」

愛の告白なんてものを最後にした相手は誰だったのか、思い出すことも出来ない。だったらここで、啓を最後の相手にしてしまえばいいのだ。

しばらく車の中で待っていたら、啓が一人で戻ってきた。その憔悴《しょうすい》した様子からすると、山陵を見つけられなかったようだ。

「どうした？　人違いか？」

「あれは、絶対に父さんだよ」

「じゃあ、何で逃げたんだ？」

「分からない……」

「俺といたからかな」

車の中に乗り込んできた啓は、そこで今にも泣きそうな顔をしてみせた。

ああ、山陵は啓にこんなに愛されているんだと、大堂の心に嫉妬が渦巻く。だが大堂は、そんな気持ちをすべて隠して、啓の髪を優しく撫でてやった。

「あれが山陵だったじゃないか。内臓を奪われて、死んだわけじゃなさそうだ」

「でも、あのままだったら、よかったたら危ないよ。癌が転移しているかもしれないのに、病院に行ってないんだ。健康保険税を払えなくて、資格停止になっちゃったから」

せっかくいいことがあって、何もかも上手くいきそうに思えたのに、山陵の呪いが重くのしかかる。

見捨てるのは簡単だが、それが出来ないのが大堂だった。

「見つけ出して、治療を受けさせればいい」

「……お金が……」

「だから、結婚情報誌のモデルをやるんだ。俺に借金を返しても、まだ余るだけ稼げるようにしてやる。稼いだ金で、山陵のために部屋を借りて、保険に入れるようにしてやればいい」

啓はぐっと唇を噛みしめ、泣きたいのを堪《こら》えていた。そんな姿を見ると、大堂の胸まで同じように痛み出す。

「本当は、モデルなんてさせるより、すぐにでも俺の男嫁にしたいとこだけどな。啓、ここは男として、いや、人間としてだな。自分一人で頑張らないといけないところだと思う」

「……ん……」

「甘やかすのは簡単さ。黙って金を出せばいい。だけど、それじゃ、おまえ、いつまでも俺に対して一歩下がっていないといけなくなるだろ？　対等な関係にはなれないよな」

ここで大堂が金を払ったら、その場では感謝されても、いつか啓はそれを重荷に感じるようになる。そうならないためにも、啓は自分で山陵を救い出す金を稼ぐべきなのだ。

「啓のことは、可愛いと思ってるよ。だけど、俺はおまえの父親になりたいんじゃない。おまえを愛人にしたいんでもない。年は離れていても、対等なパートナーになりたいんだ」

「大堂さん……」

「嫁になるってのは、奴隷になるってことじゃない。今は、そういう時代じゃないだろ。おまえは、自分を支配するだけの主なんて欲しいか？　そんなものいらないよな」

啓は小さく頷き、やっと笑顔を見せ始めた。

「笑ったな。笑顔バンクに百円、追加しておけ」

「大堂……さん。僕、諦めなくていいんだよね」

「ああ、諦める必要なんてないさ」

啓の手が伸びてきて、大堂の頬に触れてきた。そこで大堂は、ゆっくりと車をスタートさせる。

こんな調子で話していたら、そのうち啓にキスしたくなる。だが、ここは啓の通う大学の駐車場だ。あまりにも場所が悪いと、大堂はこの場を離れたかったのだ。

父とあの場で話したことを、大堂にはどうしても言えなかった。

啓は悩みながらも、大堂とのランチの後、安曇に電話して結婚情報誌を出している出版社に、今日中に行く話を進めた。

もったいぶって、わざと返事を遅らせるなんてことをしている余裕はない。啓も出来ることなら、すぐにでも稼げるようになりたかったのだ。

そうしないと父が死ぬ。

大堂が一緒に追いかけてこないで助かった。啓はすぐに山陵に追いついたが、フードの下に隠された顔を見た瞬間、ああ、これはもう駄目かもしれないと思うほど、父は窶《やつ》れていた。

『あいつと……寝たのか？』

最初にいきなり言われた言葉がそれだった。

『してないよ。大堂さんは、僕を大切にしてくれているんだ』

あんなことをしたのに、啓は大堂が何もしていないかのように嘘を言う。すると山陵は、へへっと変な声を出して笑った。

『啓、嘘を吐くような悪い子に育てた覚えはないぞ』

『本当に、何もしてない』

けれどムキになって否定すればするほど、やったと言っているようなものだった。

『大堂が啓を見て、ほっとく筈がない。いいさ、寝たんだろ。それでいい。いいんだ。上手くやったじゃないか』

『そんなことで、お金を返したことにするつもり？』

大堂が意地になって、啓に手を出さずにいた意味がこれで分かった。啓を抱いたら、それだけですべて借金は帳消しになると山陵は思っているようだ。そういった考え方は、たとえ父でも許せない。

『父さんは、僕を大堂さんの愛人として売ったの？』

『売ったんじゃない……』

そこで山陵はフードを外し、悲しげな顔を晒して呟いた。

『本当は俺が……勇磨といる筈だったんだ。だけど、もう駄目だ。今の俺を見れば分かるだろう？』

大堂のことを勇磨と親しげに呼んだ。それがなぜか啓には腹立たしかった。だから残酷にも、本当のことを思ったまま言ってしまった。

『そうだね。ボロボロだよ。とても見られるような状態じゃない』

その一言は、刃物で深くえぐったかのように、山陵の心を傷つけたのだろう。山陵は両手で顔を覆い、しばらくじっとしていた。泣いていたのかもしれない。その全身は細かく震えていた。

『そうだな、ボロボロだ。余命半年とか言われたけど、あれから病院には行ってないし……』

それを聞いて、啓は優しい息子であった自分を取り戻した。

『父さん、病院に行こう。お金なら、何とかするから』

すると山陵も、いい頃の父親の顔を取り戻していた。

『いや、大丈夫だ。自分で何とか出来るから。それより……勇磨と……上手くやってくれ。俺のせいで、あいつは結婚出来なくなったんだ。あいつが、このままずっと一人で生きていくと思うと、俺は、俺は、辛いんだよ』

『どういうこと？』

『俺が、勇磨を男しか愛せないあんな男にしたんだ。だけど俺にはもう……勇磨を慰めてやることも出来ないんだから』

病のせいで、父は頭の中までおかしくなってしまったようだ。大堂が若い男を好きになったきっかけは、確かに山陵とのことが一因かもしれないけれど、その後、大堂がどう生きたかまで責任を取る必要なんてない。

大堂は自分にとって心地いい生き方を選んだのだ。そして成功し、優雅に暮らしている。ずっと独り暮らしなのは寂しいように思えるが、それは大堂が未だに共に暮らせるような相手と巡り会っていないというだけだろう。

『父さんのせいじゃないよ』

そう言ってしまってから、啓は後悔する。

自分のせいじゃないと分かっていても、山陵はそう思っていたいのだ。自分が大堂の生き方に大きな影響を与えたと、信じていたいのに違いない。

大堂は山陵を忘れた。けれど山陵は、大堂を忘れることなく生きてきたのだ。

そんなに深い思いを抱いていたのだろうか。そんな山陵から大堂を奪おうとしている。大堂の幸せを願いながら、山陵はやはり啓との幸せを許せないのではないか。

けれど啓だって、もう後戻りは出来ない。山陵の気持ちを思えば悲しくなるばかりだったが、今更大堂との関係を終わりにはしたくなかった。

『おまえの母さんは賢いから、俺にも生命保険を掛けておいてくれたんだ。それで、余命宣告が出れば、先に保険金の一部を引き出せる。その金で入院するから、もう心配しなくていい』

『どこの病院？』

『入院したら教えるよ。それで、新しい電話番号を聞きに来ただけだ』

『番号は変わってないよ』

そんなこと、掛けてみれば分かっただろう。なのにわざわざ会いに来たのは、死ぬ前に一目会いたかったからなのかと、つい考えてしまった。

けれど山陵としてみたら、せっかく会いに来たのに、息子が自分のかつての恋人と仲睦《むつ》まじくしている姿を見せつけられて、気が動転してしまったのだろう。

話したのはそれだけだ。すぐに山陵は、戻れと手で示して、自分はバス停に向かって走り、停車していたバスに乗り込んでしまった。

あれから電話はない。本当に入院するつもりはあるのだろうか。啓には山陵が、死に急いでいるようにしか思えなかった。

こうして出版社の前で安曇を待つ間も、何度か携帯を手にする。着信がないか確認したが、父からの電話はないままだった。

「やぁ、待たせたね。そこでちょっと打ち合わせしてから行こう」

タクシーから降り立った安曇は、啓を見つけるとすぐに話し掛けてる。興奮すると安曇は早口になるから、その口調から安曇の興奮度が伝わってきた。

小さな公園があったので、そこのベンチに座ると、安曇はすぐに結婚情報誌の資料を啓に手渡す。

「俺と山陵君は、知り合いに紹介されて友達になったことにしよう。それでブログを始めるのに、俺には相談に乗ってもらっていたって設定だよ」

「大堂さんの名前が出るとまずいんですか？」

「うん。いずればれるかもしれないけど、社長は企画屋で売ってる人として、結構有名なんだよ。これが壮大な仕込みの一部だって分かっちゃうと、素人を使いたい出版社としてはＮＧだろ」

そういう業界の駆け引きは、啓には分からない。そこで安曇が用意したプロフィールを、そのまま頭に叩き込むしかなかった。

「で、俺は、今からアドバイザー兼マネージャーだからね。ま、よろしく」

そこでなぜか安曇は右手を差し出してきたので、啓も思わず握手をしてしまった。

「契約とかの専門的なことは、俺に任せてくれていいよ。山陵君は、いつも以上にいい笑顔でいてくれればいいや」

そう言うと安曇は立ち上がり、気合いを入れるように軽くジャンプしていた。

そして二人で出版社に入り、受付で担当の編集者に来社したことを告げてもらった。しばらく待された後にやって来た担当は、三十代の女性編集者とアシスタントの二十代女性だった。

「あら……本物は、映像で見るよりずっと素敵ですね。思ってたより、男らしいわ。私、勝手に、オネエキャラなのかと思ってました」

来客用のブースに案内してくれながら、編集者は遠慮なく啓を観察している。

啓は穏やかに微笑みながら、編集者と並んで歩いた。

「背も高いわね。身長は？」

「百七十五です」

大堂といると、自分の身長はいつも低いと感じてしまう。けれど実際は、二十代の日本人の平均身長より高かった。

「小顔だから、余計にスタイルいいのが目立つのね。どこのモデル事務所に所属してるのかしら」

安曇の姿をちらっと見て、警戒するように訊いてくる。

「いえ、事務所とかは契約してません。彼は友人で、そういったことに詳しいから、一緒に来てもらいました」

来客用のブースに入り、ソファに座った途端に、慌ただしく名刺が差し出される。啓は名刺と呼べないほどのカードを差し出した。

そのカードも大堂のところのスタッフが作ってくれたもので、『男嫁に行きたい！』と書かれたロゴはブログで使っているものと同じで、啓の顔写真も印刷されていた。

「山陵啓君、うわっ、本名なのこれ？　名前まで、モデルっぽい」

変なところで感心されてしまったが、啓も自分の名前は気に入っていた。

「なのに、失礼だけど、まるっきり素人なの？　大学生っぽい書き込みだけど」

「あ、はい。大学生です」

そこで啓は正直に、大学の学生証を差し出した。

「エンターテイメント……コンピューティング？」

「ゲームクリエーター目指してるので……」

「ああ、それでインドア派なのね」

「はい。食べるものとゲームがあれば、何日も外に出ないで暮らせます」

それは少し前までの、自分の姿だ。果たして今の啓は、そんな生活で満足出来るだろうか。

ゲームは楽しい。けれどどんなに敵を倒しても、啓は王国の王になれるわけじゃない。ヒーローになったって、絶賛してくれる民はいなかった。

現実はどうだろう。おいしい料理を作ったら、大堂は喜んでくれる。ブログでアイロンテクニックを披露したら、ブログのコメント欄で大絶賛され、実際に安曇に頼まれたりしてしまった。そんなことまで、すべてが楽しい。

ゲームだけの生活には、もう戻れそうにない。

リアルの充実がどういうものか、啓は身を持って知ってしまったのだ。

「だけど今は、家事が楽しくなっちゃって。この間のアイロンテクニック、観ていただけましたか？」

「ああ、あれね。凄いと思ったわ」

「ああいうの、見つけてきて実践するのが楽しいんです」

編集者は頷きながら、ノートに意味のないメモをしている。

『家事が大好き男嫁ちゃん』。『必殺アイロンテクニック』。『お家がパラダイス』。ちらっと見ただけで、それだけの文字が飛び込んできた。

「これから編集会議にあなたのこと掛けるんだけど、詳しいプロフィールいただける？」

「あっ、はい。履歴書なら、書いてきました」

履歴書とプロフィールの違いなんて、啓には分からない。ともかく履歴書をと差し出すと、編集者は疑うように訊いてきた。

「本当に付き合ってる人いないの？」

「えっ？」

「もし正式な契約になって、一年間専属モデルを頼むようになったら、そこでいきなり結婚してましたとかまずいのよね」

「それは……ないです。だって、相手がいないもの」

編集者はそれを聞いて笑顔になったが、それは営業用の笑いのように見えた。

「男の人にももてそうね」

そこでちらっと編集者は安曇を見る。まさか安曇との関係を疑われたのだろうか。見られた安曇は、すぐに啓をフォローしてくれた。

「いや、本当に山陵君、付き合ってる相手なんていませんよ」

「そうなの？」

「ちょっと前まで、かなりのゲーマーでしたから。ゲームのこと語らせたら、ずーっと喋ってますよ。そういうやつって、あんまりもてないでしょ。合コンとかも、行ったことないらしいから」

せっかく安曇がフォローしてくれているのに、啓はそこで悲しくなってくる。

大堂とせっかく心が通い合ったのに、それを祝福してくれる人はいないのだ。このままずっと、二人の関係は秘密のままでいくのだろう。

「カノジョが出来たら、そのまま結婚相手ってことなのかしら？」

編集者に聞かれて啓は途惑う。

結ばれた相手が大堂だ。最終的に結婚という、通常のルールは当てはまらない。

「結婚したいんでしょ？」

結婚したいのではなくて、大堂と一緒に暮らしたいだけだ。今にもそういった言葉が口から飛び出しそうだったが、啓は何とか自制した。

「いい人がいれば……」

どうにか無難な言葉が出てきた。それを聞いて、編集者は頷く。

「うちは女性向けに誌面を構成しているんだけど、今度男性向け特集をやろうと思ってるの。結婚したいけど、どうしたらいいのか分からない男の子って多いから」

そこで安曇も加わって、最近の結婚出来ない若者事情で話が盛り上がった。それを啓はただぼんやりと聞いているだけだったが、そうしているうちに大堂の企画センスの凄さがよく分かってきた。

こういうふうにメディアが啓を取り上げ、そして持ち上げて動き出すと大堂は予測していたのだろう。そして動き出せば、簡単に金は回収出来る、つまり儲かると読んだのだ。

程よく肉をつけ、髪型も整え、歩き方まで綺麗に見えるように訓練してきたが、それはみんなこのためだった。今の啓は、大堂によって作り出されたものだったのだ。

大堂は元々のセンスがいいから、自分好みで育てた啓も、世の中で評価されるような存在になれたのだろう。

父親は大堂に啓を売ったのだと思っていたが、違っていただろうか。

啓にもっとグレードの高い世界を教えるのに、山陵では力不足だ。もっとも啓を輝かすことが出来るだろう大堂に、彼の将来を託したのだとしたらどうだろう。

編集者は、ぼんやりとしていた啓に向かって訊いてくる。

「家事の出来る男子は魅力的よ。だけど専業主夫となったら、女性が養わないといけないわけでしょ。そうなると付き合う女性も、かなり高収入じゃないと駄目ってことなのかしら？」

「いえ、収入が少ないなら僕も働きます。ハウスシッターのプロになってもいいなって思ってるので」

「お金じゃないってこと？」

「当たり前ですよ。だって、結婚とか同棲《どうせい》って、愛があるからするものでしょ。いくら専業主夫にしてくれるって言っても、その人を愛せなかったら駄目。僕は……好きでもない人のために、毎日料理なんて作れません」

思わず熱くなってしまった。

愛があるから、料理をしても楽しい。掃除も洗濯も、大堂との生活をよりよくするためにしていることなのだと思うから楽しめるのだ。

「じゃあまずは、相手を探すことから始めないと駄目みたいね。それでブログなの？　ブログ見てくれている人の中で、付き合ってみたいような人はいる？」

「いえ……まだ。もしかしたら、会ったらきっとイメージ違うって、引かれるかもしれないし、直接会う勇気はありません」

自分が善良な女性達を騙《だま》していることが、そろそろ辛くなってきた。

ブログ読者の中には、真剣に啓と付き合うことを望んでいる相手がいるかもしれない。彼女らの夢を壊すことになるのが啓としては辛かった。

「本人に会ったら、きっとみんなその気になるわよ。山陵君、自分がいい男だって自覚ないの？」

「えっ……ないです」

「あなたみたいな男嫁ちゃんをもらえるように、女性達も頑張って働けってことかしら」

ごめんなさい。どんなに頑張ってくれても、僕は誰とも結婚なんてしません。そう思ったら、笑顔は自然と寂しげなものになった。

すると編集者はそこで大仰に頷く。

「そういう顔も母性本能くすぐると思う。この企画、絶対にありだわ」

どうやら最初の面接は、見事クリアしたらしい。だが啓には、自分が売り出されるという自覚もまだなく、モデルという仕事もよく分からないままだった。

「で、契約の条件なんですけど、彼はプロダクションとか入ってないので、直接契約ですよね」

「あ、僕がマネージャーですので」

そこですかさず安曇が、話に割って入る。契約に関しては、啓には話すことはない。

テーブルの上に置かれた結婚情報誌を手にすると、最初のページを開いてみた。するとそこには、啓の知らない華やかな世界が広がっていた。

啓にとってそれらはとても現実に思えないけれど、女性達にとってはこの世界が夢であり実現させたいものなのだろう。

タキシード姿の男性モデルに目が向く。そこに自分の姿を重ねてみたが、どうにもしっくりこない。代わりに大堂の姿を当てはめたら、思っていた以上にはまってしまい、啓は誰も見ていないのに一人で顔を赤らめた。

そのとき、マナーモードにしていた携帯電話が震え出した。父からかと思って慌てて開くと、大堂からだった。

啓は失礼と断って通路に出ると、携帯電話を耳に押し当てた。

「はい……」

『打ち合わせ中か。言っておくの忘れてた。啓、おまえが嫌なら、無理してやることはないんだ。金のために、自分を売ることはない』

最初から売り出すつもりだったのに、どうしてここに来ていきなりそんなことを大堂は言い出すのだろう。

「どうして、毎回言うことが違うの？　一貫性がないよ」

『そうだな。おまえがこれで売れっ子になって、捨てられたらどうしようって、俺は情けなくも落ち込んでいるのさ。おまえはやるべきだと思いながら、やるなよとも思っている』

「まだ昼間なのに、お酒飲んでる？」

大堂は笑っている。つられて啓も笑いながら、心に澱《おり》のように沈んでいたことを口にした。

「本当はあの時、父さんと話したんだ。余命宣告されてるみたい」

『そうか。じゃあ、啓を連れ戻すって言ってたか？』

「ううん……大堂さんをよろしくって言われた……」

『逆だろ。山陵が俺に、啓をよろしくって言うべきだ。だけど、これで安心した。一番心配だったのは、啓がまた山陵と暮らしたいって、言い出すんじゃないかってことだったんだ』

話したことを最初に言わなかったが、やはり大堂は気付いていたのだ。それで心配して、ついにはこんな電話までしてきたのだろう。

『おまえが売れっ子になったりしたら、山陵はどう思うかな』

「入院するらしいけど……きっと喜んでくれるよ」

自分は父の夢の賜《たまもの》なのだと啓は気付く。

山陵が愛しても手に入れられなかった大堂と、やりたくても駄目だった、世間に注目されるようなモデルの仕事を手に入れた。夢を託されたという自覚はなかったが、山陵の夢は啓という息子によって叶えられたのだ。

「父さんにモデルになった写真を見せたい。だから……やってみたい」

『分かった。それじゃ編集者に嫌われないように、大人しく笑ってろ』

大人しく笑っていたら、啓は誰からも嫌われないらしい。そう思って笑おうとしたけれど、大堂を前にしたときのような、素晴らしい笑顔には、そう簡単にはなれなかった。

家に帰るという言葉が、啓は好きだ。

自分がもっともいたい場所、安心出来る場所、帰れるそんな場所があるのが嬉しい。

せっかく用意してくれたが、ワンルームはブログの撮影のためにあるだけの部屋で、帰るというよりバイトで訪れたような感じしかない。

今日はワンルームには寄らなかった。すでに何本かビデオを撮りだめしてあるので、それを使ってもらうつもりだ。

だから今日は、真っ直ぐ帰る。手に下げた保温バッグには、アスマの料理教室で作った、黒酢酢豚と、イカとブロッコリーを炒《いた》めたものが入っている。

啓はいつも料理教室では食べない。保温容器に入れて持ち帰り、真っ先に大堂に味見してもらうことにしている。

「あれ？」

家には珍しく、灯《あか》りが点《つ》いていた。こんな時間に大堂が帰ることは珍しい。

「ただいま……」

いつだって啓は、この家ではお帰りなさいとしか言っていないような気がする。それが今日は、珍しくただいまとなった。

何だか家が雑然としている。大堂の困ったところは、自分が夢中になるものがあると、部屋を散らかしたままでそれに集中してしまうことだ。

「また、散らかして……」

梱包《こんぽう》に使った紐《ひも》や、衝撃緩和のシートなどが、点々と落ちている。それを辿《たど》っていくと、啓の部屋まで辿り着いた。

「ただいま帰りました」

部屋の入り口で声を掛けると、大堂がやっと振り向いた。新しいパソコンをセッティングしていて、啓の帰宅に気付かなかったようだ。

大堂は色褪《あ》せたジーンズと、Tシャツだけの姿で、髪も乱したままできびきびと動いている。

啓のデスクの上には、憧れの最新式のデスクトップが、コードに繋がれて電源を入れられるのを待っていた。

「これは……」

「ああ、就職祝いだ。一緒に買いに行こうと思ったけど、面接だっただろ？　編集者のおねえさんは優しかったか？」

「こんな高いものじゃなくてもよかったのに」

「いいさ。もうじき啓が、せっせと稼いでくれるだろうから」

そんなに稼げるだろうか。とりあえず男性向け特集の表紙モデルと、中の特集記事に出ることは承諾してきたが、そんなに高いモデル料が支払われるわけじゃない。

「そんなに稼げないと思うけど」

啓はデスクに近寄り、真新しいパソコンに触れていた。

「うわっ、欲しかったんだ、これ……。まだ、最初に借りたお金も返せてないのに」

「これは俺からのプレゼントだ。どうせなら、売り物になるようなゲームを作れよ。男嫁企画はそんなに長くやらせるつもりはない。大学の卒業制作があるからとか理由つけて、引退しちまえばいい」

「だけど、僕がゲームやるのは、あまり好きじゃないんでしょ？」

「人間と暮らしているんだってことを忘れないなら、別にゲームやってもいいさ。もちろん、ハウスシッターのプロになってもいいし、なりたければ料理人になったっていい。自分の人生なんだから、好きなように生きればいい」

それでは好きなように生きることにするが、真っ先にしたいことを啓は口にした。

「好きなようにしてもいいんだよね？」

「ああ、いいぞ」

かなり大型のモニターを、大堂はデスクの上に抱え上げている。啓は散らかった発砲スチロールや衝撃緩和シートなどを、手早く片付けながらさりげなく言った。

「じゃ、家では勇磨って呼んでもいい？」

その言葉に、大堂はゆっくり振り返る。やはり声が父に似ていて、何かを思い出させてしまっただろうかと、啓は緊張する。

「いいよ」

大堂の声は優しい。それで啓は、自分の我が儘が許されたと感じた。

「それと……ずっとここに帰って来てもいい？」

「いや、必ずここに帰るとかの、約束だの規則だのお互いを縛るようなルールを作ったら駄目だ。自由でいよう。ここに居続けるのと同じだけ、出て行く権利もあることを忘れるな」

束縛されたくなくて、上手く躱されたのかと思ったが、そうではない。大堂のこれまでの経験が言わせた言葉なのだ。

「そうだね。それじゃ、僕に出て行って欲しいと思ったら、すぐにそう言ってください。僕はきっと気持ちの整理が下手だから、しばらくパニックになると思うから」

これだけでもうパニックになりそうだ。今にも泣きそうな顔をしていることに気が付いて、啓は唇を噛む。

「そんな顔するな。いいか……対等な関係でいたいって、いつも言ってるだろ。別れたくなかったら、お互いに努力するべきなんだ。一方だけの思いじゃ、上手く続かない」

「大堂さんは……勇磨は、まだ努力するつもりある？」

「あるから、こいつを買ったんだ。啓がもっとも啓らしく、この家での生活を楽しめるようにな」

「ありがとう……」

もう限界だ。啓は大堂に近づき、その体に思い切り強く抱き付く。

今でも山陵は、大堂が好きなのだ。そう思うと抵抗があったが、ここで啓も気が付いた。

山陵が心に抱く大堂は、この大堂ではない。本物の大堂とは別の、夢の中に棲《す》んでいる男だ。

啓が知っているのは、リアルの大堂、今を生きている大堂だった。

「お利口に我慢していたが、最初から手を出さないのがよかったんだ」

啓の唇を親指で撫でながら、大堂は囁く。

「意地になって我慢してたが、そうしているうちに、何が一番大切で、自分が本当に欲しいものは何なのかがよく分かったよ」

「勇磨の欲しいものって、何だった？」

「ここにいる、これだ」

大堂はぎゅっと啓を抱き締めてくれた。

こんな素敵な言葉を、さらりと口に出来るのが本物の大堂だ。啓はリアルタイムで、そんな大堂に愛されている。

山陵はこんなふうに抱き締められ、甘くて優しい言葉を言われることを夢見ていただろう。けれど山陵の脳裏に住んでいる大堂では、こんな素晴らしい台詞《せりふ》は吐けない。

そしてリアルな大堂だけが、素晴らしいキスをしてくれる。

「キスも……知らなかったんだな」

軽く挨拶のようなキスをされて、啓は苛つく。

もっと激しいキスをして欲しい。そうしてキスしているうちに、大堂の興奮を呼び覚ましたかった。

「教えて……本当のキスを」

「教えられて覚えるものじゃないさ。自分の本能のままに、突き進むのがいいんだ」

「だって……どうやるのか分からない」

「じゃあ、今からこの部屋を片付けて、二人でいちゃつける場所を確保したら教えてやる」

まだ未開封の大きな段ボールの箱がある。それがデスクトップと同じメーカーのノートパソコンだと気が付いて、啓はくらくらしてきた。

キスを教えてと言ったのは、すでに啓が欲情しているからだ。

けれど大堂は、まずこの豪華なプレゼントを、啓が手に触れて喜ぶ様子を見るまでは、そう簡単に発情してはくれないだろう。

経験値の豊富さが、二人の間に微妙な時差を作っているが、やがてそれは改善されるのだろうか。

余裕のありすぎる、大人の大堂がこんなときには恨めしい。啓はもやもやした気持ちのまま、とりあえず段ボールを片付けることから始めた。

温めのシャワーを頭から浴びても、体の中にある熱までは冷ませない。体の中に異物を埋め込んでいるわけじゃないし、精力の付く料理を大量に食べたわけでもなかったのに、欲望は啓の体を熱く燃え上がらせていた。

なのに大堂は、日常を優先する。いつものように食事をし、悠然とテレビのニュースを観ていた。無視されたわけではない。話し掛ければちゃんと応えてくれる。けれどそれ以上のキスや、スキンシップはまるでなかった。

焦《じ》らされているのははっきりしている。何でも我慢してからのほうが、おいしく感じられるとでも言うのだろうか。余裕のありすぎる態度に、啓の苛立ちはつのるばかりだ。

一緒に暮らすようになって一月以上が過ぎたけれど、その間、何もない日々のほうが多かった。だからここに来て、いきなりべたべたすることもないのだろうが、期待ばかりが膨らんでしまう。

やっと大堂が、啓を認めてくれたのだ。想いは届いた筈なのに、やはり借金が綺麗にならなければ、大堂としてはけじめが付かないと思っているのだろうか。

いっそ自分で自分を慰めようかと、啓はそこに手を添えたが思い止《とど》まった。

健康な生活が、年齢に相応しい性欲を呼び戻してくれた。そのせいでこんなに苦しんでいる。この苦しみが色気に繋がると言われたけれど、果たしてどうなのだろう。

曇った浴室の鏡をシャワーで流し、自分の姿を映してみる。

どこか変わっただろうか。普段は着ているもので雰囲気が変わるから、どう変わったのかよく分からない。けれど裸になっている今、違いははっきりするのではないだろうか。

肉付きはよくなった。それもただ太ったんじゃない。毎日ダンスやジムワークをやっているので、引き締まっているけれど、筋肉のしっかり付いた綺麗な体になっている。

川村に教えられた小顔マッサージは効果があったのか、頬から顎の線はすっきりとしてシャープな印象になった。週に一度とはいえ、特製のパックまでやらされているせいで、肌はつるつるでニキビなんてものは影もない。

これが今の自分なのだろうか。見栄えはそんなに悪くないじゃないかと、つい鏡の中の自分に見惚れてしまった。

「自分で抜くほど焦ってるのか？」

大堂の声に、啓は慌てて振り向く。鏡の中の自分にうっとりしていた姿を、見られてしまっただろうか。そう思うと、顔から火が出るほど恥ずかしかった。

「分かっているようで、何も分かってないんだな」

大堂はそこで、自分もシャワーを浴びるつもりなのか、着ていたTシャツを脱ぎ始めた。

「せっかくのプレゼントなのに、見向きもしない。それより俺とセックスするほうが先か？」

「えっ……嬉しいけど、パソコン開くと、そっちにばっかり集中しちゃうから」

「別にそれでもいいよ。喜んでくれればな。俺は啓の喜ぶ顔を見たかっただけだ」

「ごめんなさい」

パソコンのプレゼントは嬉しかったけれど、今の啓にとって大切なのは、大堂の気持ちを変えさせないことだった。そのことばかり考えていて、プレゼントを喜ぶ姿を見せなかったが、それでがっかりされたならしょうがない。

だが今は、啓にとっての優先順位がパソコンよりも大堂なのだ。それを分かって欲しかった。

「俺が恋愛下手なのかな？　プレゼントで気を惹いて、どれだけ喜ぶかを楽しみにしていたら、たいして喜んでいない。世の中の恋人同士は、みんなどうしてるんだろう。こんなふうにがっかりさせられているやつもいるのかな」

大堂は余程傷ついたのだろう。執拗に文句を言っているのがその証拠だ。

「啓に、指輪なんて贈っても意味はない。だからパソコンにした。しかも、持ち歩けるタイプの他に、家でしか使えないやつを買った。その意味……本当は分かってないだろ？」

「あっ……」

そこで初めて啓は、大堂がしつこく文句を言っていた真意に気付いた。

ただパソコンをプレゼントするだけなら、大学にも持っていけるノートパソコンだけで十分だっただろう。それをわざわざ大容量のデスクトップまで買ってくれたのは、ずっとこの家にいてもいいという、大堂からのメッセージが込められていたのだ。

ここにずっといてもいいかと訊いたら、束縛はしないと躱された。けれど本音は、いつも家にいて欲しいのだ。だから簡単に運び出せない、大型のデスクトップを買ってくれたのだろう。

「ご、ごめんなさい。本当にごめんなさい。そこまで考えなかった」

啓が女の子だったら、大堂はここで迷わずに婚約指輪を贈っただろう。このパソコン一式と、婚約指輪の値段は同じくらいの筈だ。あえて指輪を買わずに、大堂は啓のためにと考えてくれていたのに、喜ぶ姿すら見せていなかった。

何て自分は愛され方が下手なのだろう。そう思うと悲しくなる。

「そこまで大切に思われていたのに……気付かなくてごめんなさい」

バスルームから出て、濡れた体のまま大堂に抱き付いた。すると大堂は、すぐにバスタオルを手にして啓の体を拭ってくれた。

「いいよ。もう怒ってない。もしかしたらおまえ、プレゼントとかあんまりもらったことないんだろ？」

「うん……」

母がいた頃には、啓のところにもサンタクロースは来たし、誕生日には蠟燭《ろうそく》を飾ったケーキも食べられた。けれど父と二人だけの暮らしになってからは、そういったイベントは家では行われず、店でばかり行われるようになったのだ。

もちろん父の店では、啓のことを祝ってくれる人なんていない。啓に回ってくるのは、誰のとも知れないバースデーケーキの残骸だけだった。

「もっとおまえに教えてやらないといけないことがあるな」

大堂は啓の顎に手を添えると、上を向かせてじっとその目を見つめてきた。

「何？　何が足りない？」

「俺を好きでいてくれるのは嬉しいが、啓……おまえは今、自分だけで恋愛しているみたいだ」

そんなことはない。大堂に嫌われないよう、毎日、いろいろと考えている。そう思ったけれど、果たしてどれだけ大堂のことを分かっていただろう。分かったつもりでいただけではなかったのか。

指摘されて、新たな不安が生まれてくる。

「そうかな……」

「初心者だからしょうがないが、愛するだけが恋愛じゃない。愛されて初めて恋愛になるんだ。言っている意味、分かるか？」

分かるようで分からない。

自分は愛されているのだろうか。

では愛されるとは、どういうことなのだろう。

大堂から愛されるということは、抱かれることではなかったか。だから必死になって、大堂を誘ってきたつもりだった。

それが間違っていたというのか。

「分からない……僕は、どうすればいい？」

「俺に媚びるな。もっと自分に自信を持て」

「えっ？」

媚びているつもりはなかったけれど、大堂に嫌われたくないといった態度が、あまりにも露骨に出ていただろうか。それなら媚びていると言われてもしょうがない。

「俺は言ってるだろ、対等な関係でいたいって」

「僕は媚びてた？」

「ああ、俺も、啓に媚びていた。啓の機嫌を取るのに、これまで俺なりに苦労した。おまえは、気が付かなかっただろうけどな」

そうなのだろうか。啓に分かるのは、大堂が啓を大切に守ってくれ、いろいろと教え導いてくれたという事実だけだ。

「お互いに相手に媚びるようなことはやめよう。愛されている自信があるなら、ときには、喧嘩したっていい。言いなりになる必要はないんだ」

「僕は、愛されてるんだよね？」

「今のところはな」

「だったら……抱いて」

なぜ、こんなにも焦らされるのだ。啓は抗議の意味を込めて、大堂をじっと見つめる。

「勇磨の気持ちを確かめる方法が、僕にはそれしか思い浮かばないんだ。なのに、いつもはぐらかされる。もういいよね、諦めなくていい、自信持っていいって、言ってくれてるのに……」

そのまま啓は、大堂に優しいキスを捧げた。すると大堂は、激しいキスで応えてくれる。

くすぶっていた火が、風に煽《あお》られてぱっと燃え上がったかのように、啓の欲望はそれだけで激しくなっていた。

「抱いて……こういうお願いをするのが、媚びてるってこと？　だったら、対等でなんていられない。ずっと待たされてるばっかりじゃ、僕は勇磨の機嫌を取ることしか考えられなくなる」

「自分のベッドで待ってろ。これだけたっぷり焦らされたんだ。後、ほんの少し待つぐらい、どうってことないだろ」

「……うん……」

そこで大堂は、啓に真新しいふわふわの白いバスローブを着せてくれる。これもまた、啓をこの家に迎え入れるために、大堂が用意してくれたものの一つなのだ。

またはぐらかされるのではないかと不安はあったけれど、啓はバスローブだけを羽織って、そのまま自分の部屋に向かった。

新しいパソコンの画面は、とても鮮やかで綺麗だ。啓はそのパソコンに、自分が初めて作ったゲームを読み込ませてみる。すると稚拙なゲームが、より鮮やかな色合いで蘇った。

そのゲームで遊んでいるうちに、背後でドアの開く気配がした。この部屋を素通りして自分の部屋に向かうことなく、やっと大堂がここに寄ってくれたのだ。

「これが初めて作ったゲームだよ。雨漏りをバケツで受けるの。バケツがいっぱいになったらクリア。ステージは十あって、クリアして次にいくと、どんどん雨漏りの数が増えていくんだ」

「凄いな。これ何歳で作ったんだ？」

「バイトして、初めてパソコン買った十六のとき。だけど今は、この程度のゲームなんて小学生だって作れる」

バイト先にはパソコンに詳しい人が何人もいたので、教えてもらえてかなり助かった。

「ゲームをクリアするのは一瞬なのに、作るのに何カ月もかかった。自分はゲームをするだけだったけど、作る人は大変なんだなって思ったら、ゲームクリエーターになりたくなったんだ」

「いい夢だ。創造性のある人間は、そんなに多くない。その中でも、成功するやつはもっと少ないが、どこまでやれるか、チャレンジする価値はあるさ」

啓の背後に立った大堂は、後ろから画面を覗き込んでいる。そしてバケツがいっぱいになって、カエルのキャラが鳴いたところで笑っていた。

「いろんな人に、いろいろと教えられた。今思うと、いつも誰かに助けられてたんだね」

「そうさせたい何かが、啓にはある。ほっとけない、そんな気になるんだ。だからいろいろと教えて助けたくなる」

「なら助けて……愛し方は分かってきたけど、愛され方が分からないんだ」

「そうだな……。おいで、教えてあげよう」

そこで大堂は椅子の向きを変えて啓を立たせると、ベッドへと導いた。

二人お揃《そろ》いのバスローブは、それぞれの体から離れて床に散る。そこでまるで手を繋いでいるかのように、袖が重なっているのが面白かった。

この部屋に大堂が来て、こうして愛されるのが夢だった。この夢を手に入れるために努力もしたけれど、愚かなこともした。やっとここで夢が叶うのだ。

「キスを教えてる途中だった……」

ベッドに並んで座ると、大堂は啓の肩を抱いてそっとキスしてくる。けれど優しいのは最初だけで、すぐに激しいキスになった。

「唇を重ねるだけじゃないんだ。吸うだけでもない。舐めるだけでもなく……噛むだけでもない」

それらを交互に駆使しながら、大堂の巧みに蠢《うごめ》く舌は啓の唇を攻めてくる。

「んっ……ああ」

すでに興奮している啓は、大堂に応えるため、貪欲にされたことを真似ていた。するとこれまで知らなかった快感が、口中にもあることがはっきりと分かってきた。

「んっ、んんん」

舌が絡み合う。大堂の舌は啓の中に入り、逆に啓の舌が大堂の中に導かれてと、繰り返していた。その合間に大堂は、啓の唇を甘く噛む。そして舌で唇を舐め回した後で、鼻から眦まで、舌を這わせていった。

「んっ……そんなとこまで」

キスはただ唇を重ねるだけだと最初は思っていた。舌を入れることも知ったけれど、それだけではない。まだこんなキスの仕方があったのかと、啓は驚く。

「もっと楽しいことを教えてやろう。ちゃんと教えないと、啓は下手だからな」

大堂は啓をそのままベッドに横たえると、自分はベッドを降りてしまった。そして啓の足を自分の肩に乗せさせて、そこからゆっくりと啓のものに顔を近づけてきた。

「あっ……」

啓がやっても、とても下手だったこと。それが今、大堂によって上手に実践されている。

啓のために口を蠢かす大堂の姿を、なぜか直視してはいけないような気がした。だから啓は目を閉じて、されていることを感じるだけにした。

何も見ないでいると、脳裏には大堂の姿が蘇る。

初めて大堂を見たときは衝撃だった。父親と同じ年で、こんなに若々しく美しい男がいるなんて、信じられなかったのだ。

しかし外見は華やかで若々しくても、中身はやはり大人の男だ。賢さと同じくらい狡《ずる》さもある。そして優しさと同じだけ、強さも厳しさも持っていた。

啓はどんなに努力しても、大堂のようにはなれないと分かっている。最初から人間の資質みたいなものが、どこか違っているのだ。

だからこそ惹かれる。

似たところもあるけれど、とても真似出来ない部分が大きいからこそ、啓は大堂に惹かれるのだ。

「んん、あっ、そこ、だめ、あ」

先端を咥《くわ》えて、吸い込めばいいいんだと思っていたが、そんな単純なテクニックでは大堂が喜ばなかった筈だ。

吸われている間に、中ではとんでもないことが起こっている。さっき口中で暴れていたのとよく似た動きで、舌が啓のものを嬲《なぶ》っていた。

「あっ、ああっ、あっ」

考える力なんてどこかにいってしまった。頭の中が真っ白になってきて、性器の先端にだけ意識が集中していた。

「ああっ……あっ、ああ」

どんどん声が掠れていく。体からも力は抜け、ぐったりとしたまま啓は自分の指を嚙む。ここで学ばないといけないのだ。これと全く同じテクニックを、いずれ身に付けないといけない。そう思っても啓の体は、与えられる喜びに弱くすぐに流されてしまう。

何か考えればいい。そうすれば冷静になれると思うが、心に浮かぶのはこれまで見てきた大堂の姿ばかりだった。

力強い大堂の手が、啓の袋の部分を優しく揉んでいる。その合間に、指がすっと裏側までなぞっていった。するとぞわぞわとした快感が生まれて、啓は身を捩《よじ》る。

「うっ、ううう、うっ、もう……あ、ああ」

大堂の口中に出してはいけないなんて配慮を、思い浮かべる余裕もなかった。そのまま啓はあっさりと果ててしまう。

どうしてこんなに簡単にいかされてしまうのだろう。しかもいつだって射精は一度じゃ終わらない。真似事でしかなかったこれまでのセックスだって、何度も果ててしまったのだ。このままいったら、何度もこうやって射精の苦しみに身悶《みもだ》えるだろう。

「……」

目を開いたら、大堂がそんな啓をじっと見つめていた。

「ありがとう。すごく……よかった。いつか……僕も、上手くやれるようになるのかな」

「一生、下手でもいいさ。急に上手くなると、浮気を疑うかもしれない」

「浮気？　今から、そんな心配？」

そのまま啓の体は、ベッドからゆっくり床へと引きずり下ろされた。

「ゲスト用のベッドだからな。二人で暴れるには、ちょっと狭くないか」

ラグの上で啓を抱き締めながら、大堂は笑う。

「もう予習はしてるから、すんなりいくと思ってるだろうが、痛い思いはさせたくないからな」

そこで大堂は、床に投げ出されたままのバスローブを引き寄せ、そのポケットから何かを取り出す。

そして啓に横を向かせ、背後から抱き締める形を取ってきた。

「これは痛みを少なくして、傷つけないようにする魔法の薬だ」

そう言うと大堂は、手にした小さなプラスチック容器からクリームを指に取り、啓に見せてくれた。

「天然成分で作られているから、間違って舐めても安心なんだ」

それをそのまま、啓の後ろの部分に塗りつけていく。

「こんなところの使い方まで教えてくれるなんて、アスマはいい先生だな」

「……他に、話せる人がいなかったから」

「そうだな。あいつは世話焼きでいいやつなんだけど、口だけは風船並みに軽い。こんなことしたって、言わないほうがいい」

啓はそこで笑った。言うなと命じられても、やはり自信がない。こんな経験をした後では、同じような経験をした相手と、つい話したくなってしまう。

「勇磨は……いつも余裕があるね」

ゆっくりとクリームを塗り込み、入り口を優しく刺激している大堂に、啓は甘えた声で話し掛ける。

一度出してすっきりしているから、こうして落ち着いていられるのだ。

大堂はまだなのに、最初から落ち着いている。これが経験値の違いなのだろうか。

「ちっともガツガツしていない」

「そう見えるか。何しろ大人だからな」

「何でそんなに余裕あるの？」

「貴重なこの時間を、たっぷり楽しみたいからさ。いっちまったら終わりだからな」

何度も楽しめばいいと思うのは、啓の体が底無しに欲深だから思うことだろうか。

「それに俺は、相手のいろんな表情を見てるのも好きなんだ」

「見てるのが好き？」

「ああ、啓はいろいろと楽しませてくれるよ。意味も分からず、自分で入れることも出来ないのに、いきなりバイブをもらってくるなんて、可愛いことしてくれるしな」

それを言われて、啓は耳まで赤くなった。

「それは……もう言わないでよ」

「だけどアスマの指導は正解だっただろ？　あれでいきなり、ここのツボを引き当てたんだから」

「あっ！」

大堂の指が、啓の体のかなり奥まで入ってきていた。すると啓の体がみるみる変化していった。

「あっ、ああっ」

「ここで感じることが出来たら、何倍も人生は楽しめるそうだ。残念ながら、俺はそこまでチャレンジャーじゃない。セックスも、実は結構自分勝手なんだ」

果てたばかりでも、すぐに啓のものは大きくなって、次の刺激を求め始めている。けれど大堂が手を添えてくれることはなさそうだから、自らの手でそこを押さえるしかなかった。

「うっ、ううう」

じわりと中から滲み出てくる感じがあって、啓は身を捩ろうとしたが、大堂によって強く押さえられた。

「暴れるな。中が傷つく」

「んっ、ん、ああっ……」

「いい子にしてろよ。ほらっ……バイブよりいいだろ」

啓の中で、大堂の指が何かを撫でている。そんな感じがしたが、すぐに欲望の高まりが抑えきれなくなってきていた。

「あっ、ああ、何で、あっ」

またもや射精してしまって、啓は慌てる。大堂は指を抜いたが、その部分に痛みもなく、疼《うず》くような感じがずっと残っていて、もっと刺激が欲しいくらいになっていた。

「指だけでいかされちまうのか。初心者なのに、そんなに飛ばすなよ」

大堂は笑っているが、こんな状況を楽しんでいるようだ。ウェットティッシュで、大堂は啓の手に付いた汚れを拭い取ってくれる。そんなところにも、ますます余裕が感じられた。

「いい相性だな。啓がそうやって何度もいっちまう間に、俺はゆっくりと楽しめる」

「そのうち、何も考えられなくなっちゃうんだ」

「だったら考えなければいい。楽しみたいだけ楽しめばいいのさ」

今度は何をされるのだろう。啓は上を向かされ、ぼんやりと天井を見つめる。

父の愛した男を盗ったみたいで、どこか罪の意識を感じていたが、ここですべてふっきれた。

同じ男を奪い合っているんじゃない。父親が知っていた大堂と、ここにいる大堂は違うのだ。

啓が愛したのは、経験値を積んだ大人の男の大堂だった。同じ大堂でも、高校生だったら啓は惹かれなかったと思う。

それは大堂も同じだろう。今の父親だったら、大堂は愛せない。

啓だったら、誰の息子でも関係なく愛せるのに。

過ぎてしまった時は、すべて思い出に書き換えられる。ゲームのように、何度も同じシーンを繰り返すことは、人間にはゆるされない。思い出になってしまったら、そこには戻れないのだ。

なのに父は、心の中で何度も思い出のシーンに戻っていたのだろう。それだけが父にとって、心を潤す大切なものだったのだ。

「それじゃあ、俺も楽しませてもらうかな。覚えておいてくれ。俺が好きなのは、上に乗ってもらうことさ。もちろん突っ込むのは俺だけどね」

「……えっ、う、うん」

何だかよく分からないが、そのうち暗号のような言葉の意味も、苦もなく分かるようになるのだろうか。

啓の上に大堂の体がある。大堂はすでに大きくなっているものを、啓のそこに押し当てていた。ついに求めていた夢が、すべて叶う瞬間がやってきたのだ。

「おかしいよな。人間は、こんなことのために必死になれるんだ」

大堂は啓の手を取り、そこに唇を押し当てた後、自分の肩を摑ませてきた。

「一カ月、この部屋の前を通って、自分の部屋に行く間、何度も立ち止まって、ドアを開けそうになったな」

けれど大堂は開けなかった。単純な欲望だけでは、啓を抱いてはいけないと思ってくれたのだ。

「意地になってたんだ。だが、それでよかった。啓の中でも、俺の存在が特別になるのに、時間は必要だったんだから」

ゆっくりと体を下げてくると、大堂は啓にキスをする。だが唇にではなく、それ以外のあらゆる場所にだった。

「また……おかしくなりそう」

「なればいい。俺なら、何度でも啓をいかせられる。好きなだけおかしくなればいい」

「んっ……」

けれど今度のは、ただ自分の性器の欲望を感じているのではないのだ。

体の深奥から、何かを待っている気配がするのだ。その新種の欲望が、じわじわと啓を追い詰めていく。

そして啓は、大堂が欲しいのだと気が付く。

肩を摑んでいた手に力を込めて、啓はいつか大堂の体を抱き寄せていた。そして足を大きく開き、大堂の体に絡ませていく。

次の瞬間、啓ははっきりと自分の中に入ってくる大堂を感じていた。

「あっ！」

ずっと待っていたのは、これだったような気がする。指よりもはるかに太く、人工のものと違って、しなやかで熱を帯びたものが、啓の中にぐんぐん押し入ってくる。

「あっ、あああ」

深いため息を吐いたと同時に、さらに大堂のものは奥深く侵入してきた。

「予習効果だ……ん、楽に呑み込んでいく」

「んっ、あっ、ああ」

「苦しいって声じゃないな。また感じてるのか」

「ん、うん……」

大堂がゆっくりと動き出す。すると啓の体は、もっと奥までと誘うように、自然と腰を動かし始めた。

「俺に会うまで、誰ともやらずにいて正解だったよ。こんな体して……先にセックスだけ覚えたら悲劇一直線だ」

「えっ？」

「愛なんてなくてもセックスは出来るなんて、先に誰かに教えられてたら、今頃おまえは、男探してゲイが集まるような場所をふらついていたかもしれない」

「そ、そんな……」

違うと言い切れないのは、啓の体がこの挿入を喜んでいるからだった。

大堂をもっと感じたくて、体は勝手に蠢いてしまう。それを啓は止められない。

もし大堂と巡り会えずに、こんな喜びだけ覚えていたらどうなっていただろう。恋人、いや、自分を抱いてくれる男を求めて、啓は街を流離《さすら》っていただろうか。

「アスマに言われたんだ。山陵は、啓を俺に貢ぐために、人にあまり触れさせずに、こっそり隠して育てたって。そういうのも何だか信じられる気がしてきた」

山陵と他人行儀に大堂はその名を呼ぶ。

啓はそのとき、自分はほとんど最初から、啓と名前で呼ばれていたことを思い出した。大堂はやは

り山陵と啓を、切り離して考えたかったからだろう。

「啓、俺のところに来てくれて嬉しいよ。俺は……きっと、おまえを待ってたんだ」

大堂にきつく抱き締められて、啓は涙ぐむ。

父が大堂に貢ぐために、自分を学校に行かせなかったとは思えない。単に子供に対する愛情がなくて、放置していたのだろう。

けれどその結果、愛に飢えた啓の魂は、スポンジで水を吸い取るように、大堂が与えてくれた愛を吸い込むことが出来たのだ。

「んんっ……おまえの体、俺を待っていたって反応を示すんだが」

「それって、どんな？」

「言葉じゃ表せない、不思議な感触さ。そんなに、俺が欲しいか？」

そこで大堂は、急に激しく動き始める。啓の体は、すぐにその動きに同調して、自分の欲望を高めるために動き出した。

ああ、この体は欲深なんだと啓は気が付く。これからいろんな喜びを大堂に教えられたら、ますます欲深になっていくのだろうか。

特別な関係なんて、いつか終わるために始めるんだと大堂はいつも思う。けれどその終わりがいつになるのかは、相手次第だから読むのは難しい。

ついに関係を深めてしまった相手は、甲斐甲斐しく朝食の準備をしている。今朝は辛みのあるソーセージを、セロリやキャベツ、タマネギなどと一緒に煮たポトフ風スープだ。外側は堅いが、中はふんわり柔らかなブールというフランスパンには、発酵バターが添えられている。

大堂は美食家だが、啓の料理に関してはかなり満足している。アスマと仲良くさせたのは正解だった。料理の腕だけなら、とっくにアスマを男嫁にしていただろう。けれどやはりそれ以外の部分で、自分には向かない相手だと断念したのだが、アスマをコピーしたような腕前の啓がいた。

家はいつも綺麗だ。散らかすのはいつでも大堂だが、そのままになっているということはまずない。啓に言わせると、掃除をしようと思うからいけないそうだ。家の綺麗な状態を覚えたら、体が勝手にそれを思い出して動き出す。そうなればもう、家が汚れることはなくなるという。

若いだけに啓はタフだ。昨夜、あんなに何度もいったのに、今朝は大堂より早く起きて朝食の準備をし、掃除と洗濯を終えている。

「旨いな……」

スープを口にして、思ったままを素直に口にした。

「よかった」

にっこりと微笑んだ啓は、パンを切って大堂の皿に置く。バターは程よく柔らかくなっていて、パンの上にすっと伸びていった。

「優秀なハウスシッターで、有能な秘書。そして可愛い恋人であり、ときにはカウンセラーにもなる。寝室では……最高の娼婦となり、キッチンでは五つ星のシェフ。これが、多くの男達が夢見る、嫁の姿だ」

正確にはもう一つ、世界一の母親というものもあるのだが、それは啓のためにはわざと口にしなかった。

「僕は、どこまで合格？」

「すべてと言いたいが、秘書とカウンセラーは、まだこれからだな」

それ以外では満足していると、自ら告白したようなものだ。だが、それが事実だったから、大堂としても異論はなかった。

結局昨夜は、やるだけやって、その後は啓を抱え上げて自室のベッドに運んだ。なら最初から、大堂のベッドに誘えばよかったのだろうが、そういうものではない。

大堂だって、毎日通り過ぎていた啓の部屋に、堂々と立ち寄りたかったのだ。

今夜から啓は、当然のように大堂のベッドで眠るようになるのだろう。そして毎晩のように、あの激しい要求をするのだろうか。

冷たい水を口に含む。そしてぼんやりと啓を見つめた。

可愛い顔立ちだと思っていたが、そこに新たに華が加わっていた。

「まずいな……」

「何？　スープに虫でも入ってた？」

「いや……啓、おまえだよ。俺の勘はよく当たるんだ。おまえ、売れるな」

「関係ないよ。お金を稼いだら、すぐにやめるから」

啓は焦っている。売れたらそれでいいだろう、だからもうさよならだなんて、大堂が言い出さないか不安なのだ。

「だけど……僕を男嫁にしたいって人達には、嘘吐いているみたいで嫌だな」

「そんなこと言ったって、現実に婿入りするにしても、相手はたった一人だ。ほとんどがその他大勢でふられるんだぞ」

「それは……そうかもしれないけど」

「気を付けないといけないのは、ふった相手がストーカーに豹変《ひょうへん》しないかどうかだ。ワンルームのほうは、見つかってもどうにかなるが、ここは見つからないように気を付けろ」

一カ月もしたら、啓のブログアクセス数はもっと伸びるだろう。そして大騒ぎが始まる。

だが、最近は飽きられるのも早い。ブログを閉じて一年も過ぎれば、もうネットには新たな人気キャラクターが登場していて、啓のことなど思い出す人もいなくなる。

「アスマ先生の料理教室に通ってることは、もっと大々的にアピールしていい。それでレシピ本には、アスマ先生にも出てもらおう。ああ見えて、あの先生は人気があるから、本が売れる」

食事の後には、黙っていてもコーヒーが出る。ぴたり好みの味を覚えさせるのに、少し時間は掛かったが、今ではもう完璧だ。大堂はコーヒー豆を買うだけでいい。

ブラックのコーヒーを飲みながら、大堂は手帳を手にして今日するべきことを考える。

そして大堂を熱心に見つめている啓に気付き、優しく微笑んだ。

きっと啓の脳内では、昨夜の場面が何度も再生されているのだろう。こうして側にいても、啓は大堂のことしか考えられなくなっているのだ。

若くて、純粋で、熱い時代の恋なんて、そんなものだろう。

こうして仕事のことばかり考えているからといって、大堂がもう昨夜のことを綺麗に忘れてしまっているわけじゃない。

満たされた素晴らしい時間だった。あんな幸福感に包まれたセックスは、ここ数年したことがなかった。肉体は程よく疲れ、気持ちのいいけだるさに包まれている。そのせいか、目覚めの気分はとてもよかった。

大堂は満たされている。満たされたからこそ、次は別のものでもっと自分をいっぱいにしたくなるのだ。それが大堂にとっては仕事だった。

啓にはあまり売れっ子になって欲しくないのは本音だが、売るだけ売って逃げる方向で大堂は考え始めていた。

そんなに稼いで結局は金なのかと言われそうだが、大堂はここで山陵に、先進医療を受けさせてやりたいと思い始めたのだ。

大堂からの金だったら、山陵は受け取らないだろう。だが、啓が稼ぎ出した金となったら事情は違う。喜んで受け取ってくれる筈だ。

「人気カメラマンも押さえた。スケジュールが混んでて、とんでもない日に撮影になるかもしれない。それと夕方のニュース番組、知り合いのディレクターが、取材申し込んできてる」

「そんなに急に？」

「稼ごう、啓。病気は待ってくれない。先進医療だ。いくら掛かるのか分からないが、どうせ稼いでもあぶく銭だ。自分の父親のために使えよ」

「……あ……でも……連絡がない。どこにいるのか、分からないんだ」

誰にも知られずに、山陵は一人でひっそりと死ぬつもりなのだ。

それが山陵なりの美学だというのなら、大堂としては探さないでおいてやりたいが、それでは啓の心に生涯傷が残る。

アスマが言ったこと、大堂に貢ぐために啓を育てたというのが、今なら何だか信じられるような気がしている。

啓は最初から、大堂に懐いた。もしかしたらそうなったのも山陵が、何年もかけて大堂のような男の素晴らしさを、啓の脳内に刷り込んでいたからかもしれないとまで思ってしまう。

本当に草食系だったら、男相手でもあんなに発情するものじゃない。セックスに関しては、今や啓は立派に肉食系だ。なのに、最初から女性を相手にしていないし、そのことで悩まないのも不自然な気がする。

啓本人は、そんなことをあまり不自然に感じていないようだ。ただ大堂が好きで、好きでしょうがないという勢いで、迫っていたくらいなのだから。

「父さんは……勇磨が男の子しか相手にしないのは、自分のせいだって思ってるんだ」

食べ終えた食器を片付けながら、啓は呟く。

「自分のせいで、勇磨が生涯一人でいるのは耐えられないって……言ってた」

「山陵のせいじゃないさ」

そう、山陵のせいじゃない。大堂が男しか愛せないのは、誰のせいでもないのだ。そうやって誰かに責任転嫁するのは、大堂のもっとも嫌いなことだった。

「だからって啓に、俺の面倒を見させるつもりか？　そういう理由で、面倒見て欲しいとは思わないよ。何事も自然に、そうだろ？」

「ありがとう。勇磨がそう言ってくれると救われる。父さん、何だか思い詰めていて、おかしいんだ」

「だから先進医療なんだよ。生きる希望があれば、またまともに戻るさ」

山陵の記憶は二年分しかない。高校二年で同じクラスになり、三年生の半分、卒業までの間を恋人同士として付き合った。

人生のうちのたった二年しか一緒にいなかったのだ。

正直、山陵とどんな付き合いをしたかも覚えていない。セックスは夢中なだけで、どんなふうにやっていたのかすら、あまり記憶になかった。

なのにここにきて、大堂は改めて山陵を意識した。

それは昔の男とか、クラスメイトとしてではなく、啓の父親としてだ。

「もし俺が育てていたら、啓はこんなにまともに育ったかな。そう思うと、俺は山陵を尊敬し、感謝してるんだ」

大堂は立ち上がりながら、よれた革表紙の手帳に目を向ける。

「俳優で成功しなかったから、悔しくて、必死で制作現場の仕事をしてきた。それで成功しているけど、じゃあ俺は、何を残したんだろう？」

「立派な仕事だよ。スタッフもみんな、勇磨を社長として信頼してる」

「ありがとう。そう言われると少しは慰めになるが、啓、俺は、山陵がそんなふうに啓を育てたのは、実は凄いことだったんだと思う」

「違うよ。ここに来て、いろいろと学んだからだ」

そこで大堂は、小さく首を振った。

「言ったら啓は怒るかもしれないが、これまで何人の若者と寝てきたと思う？　そのうちの一人も、アドレスが残ってないのはどういう意味だ？　俺が、この家にずっといてもいいと思えるような相手が、いなかったってことだろ」

　山陵は大堂が独身なのも、若い男が変わらずに好きなことも知っていた。もしかしたら本気で、もう一度大堂との関係を修復したいと望んでいたのかもしれない。そのために、大堂のいる近くに来ていたのだろうか。

　けれど山陵は、もう自分では駄目なんだと、どこかで気が付いたのだ。

　それがちょうど離婚した頃なのか、それとももっと後なのかは、大堂には知りようもなかった。

「啓は素直でいい子だ。その性格は、見せかけだけで演じられるものじゃない。そう育ててくれたことは、山陵に感謝しないとな」

「うん……」

「さ、着替えて出掛けるぞ」

　今日はバリッとしたスーツで出掛ける。どこに行っても、やり手の社長のように振る舞おうと思った。啓のためにも、大堂は出来る男でいたかったのだ。

「もし山陵が、ずっと連絡してこなかったら、警察の世話になってでも捜し出してやるから、安心していい」

　不安を感じさせない、強い男の姿をもっと啓には見せよう。そうすれば、ますます愛されることになると大堂は確信しているから、そんな言葉もすんなりと出た。

クロゼットに入り、着ていくスーツを選び出す。クリーニングに出したシャツ、スーツにネクタイ、靴下、以前はすべてがごちゃごちゃしていたが、今はどれもが分かりやすく整然と並んでいた。

「こんなことも出来る、素晴らしい啓を育ててくれた山陵だ。決して……バカで、悪い男じゃなかった筈だ」

派手な喧嘩をして別れた。その後、すぐに大堂は東京に出てきてしまったから、次々と目の前に現れる刺激的な世界に夢中になり、山陵のことなど綺麗に忘れてしまった。

友人から結婚したらしいという話を聞いたときも、へぇーっの一言で終わってしまったのだ。

けれどそんな山陵の作り上げたものは、完璧だと思える。外見を磨くことや、料理にダンスもやらせたのは確かに大堂だが、それを素直に受け入れて頑張れたのは、啓がこの性格だからだ。

「先進医療、受けさせてやるから……」

それは山陵のためじゃない。啓を喜ばせ、安心させるためにすることだ。そう思うと、大堂は運命の残酷さを感じた。

スーツに着替えて寝室を出ると、ちょうど着替えを終えて、自室から出てくる啓と会った。今日はバッグに、昨日買ってやったノートパソコンを入れている。

「田丸さんに、普段も着るものの手を抜くなって、もの凄く言われるんだ。僕の着せ替えアバターがあって、それで毎日着るものチェックされるの」

「それで今日は、ＯＫ出たのか？」

「少し派手で、嫌なんだけど。田丸さんは僕に、赤とかピンクを着せたがるんだ。おかしくない？」

「いや、啓には似合ってる。他の男の子によっては、絶対にあり得ないパターンだがな」

ピンクのパーカーに、ダークグリーンのパンツというのは、確かに思い切りがよすぎる気がする。パーカーの下にはライトグリーンのシャツだったから、何だかフレッシュなフルーツのような感じがした。

「フルーツみたいで旨そうだな」

大堂はそこで啓を抱き寄せて、素早くキスをする。

キスはテクニックだけじゃない。どんなときに、どのタイミングでキスするかが、もっとも重要なポイントだ。その辺りをじっくり教えてあげたいところだが、他で応用されても嫌なので、あえて教えないことにした。

「B品っていう傷物とか、ショーで使ったやつとか、ともかく服をたくさんくれるって言うんだけど、本当はそんなに服なんていらないのに」

「今はしょうがないさ。毎日、ブログに顔出ししてるんだ。ある意味、ファッションリーダーでもあるんだから」

「そうだね。女の人って、結構見てるよね。あの白いカーディガン、気に入って何回も着たからなのかな。『K君のお気にのヘビロテですから、同じの買いました』って書き込みあった」

ほら、もう走り出したら止まらなくなっている。お気に入りのカーディガンと、わざわざ同じものを買うような読者がいる。なのに啓本人が、一番自覚していないのが困ったことだった。

「僕の知らないところで、誰かが勝手に心の中にいる僕を、自分だけのもののように考えてるんだ。そう思うと、本当は少し怖い」

それを山陵もやっていたのだ。

大堂の知らないところで、ずっと心の中の大堂に話し掛けていたのだろうか。

そういうことをされると、怖いというより悲しく感じる。そんなことなら、もっと早くに普通の友達のように、酒でも飲むべきだったのだ。

だがそんな普通の友達になってしまったら、果たして啓を預けてくれたかは疑問だった。

啓は大堂の靴を専用の布で軽く拭ってから、揃えて前に置いてくれる。大堂は靴べらを使って、お気に入りのイタリアの銘品が傷つかないように、するっと足を滑り込ませた。

「いつか、この家にいるのもばれちゃうかな」

「何か訊かれたら、ハウスシッターのバイトしてるってことにすればいい。そんなに毎日服を変えたり、アスマ先生の料理教室に通ってるんじゃ、金がいるのは誰が見ても分かるから」

「そうか……そうやって誤魔化すんだね」

お気に入りのスニーカーを履こうとして、啓は慌てて取り替える。どうやら服と靴が合わなかったらしい。

来たばかりの頃は、着られるものなら何でもいいといった感じの、安物しか身につけていなかったのだ。これだけでも大きな変化だろう。

「いつか、勇磨の男嫁ですって、紹介してもらえるような日は来るかな」

啓が寂しそうに言ったので、大堂はその背中を優しく叩いた。

「それじゃ退職記念の日に、華々しく発表しよう」

「それ、いつの話」

「さあな。明日かもしれないし、四十年後かもしれない」

先のことなんて、大堂はあまり悩まない。だが啓がいるから、大きな失敗だけはしたくないと思うようになってきた。

玄関のドアを開く前に、啓の腕を摑み引き寄せて、そのままキスをした。欲望からもっとも遠い、爽やかなキスだ。啓は微笑み、大堂の胸を軽く叩く。そして先に外に出ると、駐車場から自転車を出して出掛けてしまった。

その後ろ姿を見送り、大堂は自分の車に乗り込む。着信があったから、車をスタートさせる前に電話をしてしまうべきだったが、しばらくの間、ハンドルに手を置いてじっとしていた。

もしかしたら自分は、とても幸せなのかもしれない。

そんな気がして、大堂は誰にも見られていない今のうちに、思い切りにやにやと笑いたかったのだ。

そして四カ月が過ぎた。

啓が契約した結婚情報誌は、テレビＣＭにも啓を使っている。三組のカップルが出ているＣＭだが、その中で啓は優雅に朝食を作り、スーツもビシッと決まった男前のカノジョを、手を振って見送るという役柄だった。

情報誌のほうでは、『男嫁に行きたい。家事スキルを上げることが、婚活男子必勝法』、などと特集が組まれて発売された。

もちろん表紙は啓で、その情報誌はこれまで女性モデルしか表紙に使わなかったので、かなり話題になった。

啓のために用意された口座には、着実に金が振り込まれていく。意外なのはブログに貼り付けた広告バナーによる収入で、それだけ閲覧者が増えたということなのだろう。

「それで、山陵君のようなタイプの男子ばかり集めまして。『男嫁になり隊』っていうのを結成したんです。リーダーは若手のお笑い芸人で、家事スキルはそこそこあります」

安曇の報告に、大堂は渋い顔をする。

今日はスーツではなくて、カジュアルなジャケットに派手目のシャツといったスタイルだ。このところ少しファッションセンスが若返りしたようだ。啓といると、やはり自分の若々しさをアピールしたくなるらしい。

「安曇、うちは個人的なタレント売り出しはやってないぞ」

「あ、もちろん分かってます。これ、料理番組とか、ご当地名産品の紹介とか、そういったところに派遣出来るユニットとして構成しました」

ただ仕事を待っているだけでは、この時代、会社を維持するのも難しい。積極的に様々なプランを売り込んでいけるのが、大堂の社の売りではあった。

啓の成功で、安曇はますますやる気になったらしい。連日、様々な企画書を大堂のところに持ち込んできていた。

「アスマ先生の独身男の料理教室が、今度ニュース番組で取りあげられるから、そこにそのお笑い芸人をリポーターでねじ込めよ。それくらいやれるだろ？」

テレビ局の担当に売り込むとなると、まだ若い安曇には少々厳しいかもしれないが、あえて大堂はやらせることにした。

「あ、ありがとうございます。頑張りますっ」

深々と頭を下げた安曇は、村上が入ってきたことで、まだ何か言いたそうにしていたが出て行った。

その後ろ姿をちらっと見ていた村上は、つまらなそうな口調でさらりと言った。

「社長、まだ、捨てられてないんですね」

「はっ？　ああ、悪かったな。新婚気分で毎日、楽しくやってるよ」

外食が減ったせいだろうか。それとも、夜毎、すべて覚え立ての啓にいろんなことを教えるのが忙しいせいだろうか。少し、痩せたような気がする。

ジムワークを増やして、プロテイン強化をしようかなとぼんやり考えていたら、視界にぶすっとした村上の顔が割り込んできた。

「残念です。社長がふられて、傷つくところを見たかったのに。でも、まだこれからですからね。楽しみはこれから先にとっておきましょう」

「村上、おまえ、かなり性格悪いな」

「今頃、気が付いたんですか。それで……これが、山陵さんの入院先です」

憎らしいことを言った後で、村上はさらりと一枚の紙を差し出す。そこにはここからかなり離れた場所にある、病院の名前が記されていた。

「性格は悪いのに、仕事は完璧なのがなぁ……。で、どうやって見つけたんだ？」

「失礼だと思いましたが、別れた山陵さんの元奥様に連絡つけまして、入院先を見つけてもらいました。奥さん……ジュニアがこんなことになっていたなんて、知らなかったみたいです。ぜひ、会いたいとのことでした」

十才の頃に、あっさり捨てていったのに、今更会いたいと言うのか。大堂はむっとしたが、ここは大人になるしかなかった。

「どうされるかは、社長とジュニアが決められることですから……。それで、ジュニアにこちらに寄るようにお願いしてます」

「ここにか？　別に家に帰ってからでもいいだろ」

「いえ、もし病院に行かれるなら、早めにスケジュール組んでいただきたいので」

「そうだな。分かった……」

村上が出て行くと、大堂は手にした病院の資料をじっくりと眺める。

「何だって九州、しかも宮崎《みやざき》の病院になんて入ったんだ？」

それでもやっと見つけ出すことが出来て、大堂はほっとする。これで啓も安心するだろう。

啓がここを訪れるのは久しぶりだ。

暇な時間があったら、ここにぶらっと寄って、ランチを一緒に摂ったり、ショッピングしたりする筈だった。ところが多忙になってしまった啓は、スケジュールをきちんと組んで動かないといけなくなっていて、自由な時間を捻出するのも難しい。

「もう少しの辛抱だ……来年には引退させるから」

そう呟いていたら、ドアがノックされ、一呼吸置いてから開けられた。

「お時間、いただいてすいません。よろしいですか？」

人目があるからだろう。啓は他人行儀に挨拶してきた。

ネイビーのニットジャケットに、薄手デニムのシャツを着て、短い変わったデザインのタイをしている。パンツは白で清潔感があり、そのままモデルとして仕事をこなしてきたかのようだ。

「あれ？　着替えたのか？」

朝はもう少し普通だったような気がする。すると啓は、照れたように笑った。

「本当は、もっと前に着いたんだけど、田丸さんに捕まっちゃって」

どうやらスタイリストまでが、啓のファンになってしまったらしい。

「今日のブログに、これがお出かけスタイルって、出すように言われました」

他人行儀な声だけ聞いていると、大堂はここに初めて啓が訪れた日を思い出してしまった。

身の回りのものを入れた大きなバッグを手に、そこに佇んでいたのは四カ月前だ。

アパートを追い出され、内臓を売れと闇金に脅されていた啓は、どんな思いでそこに立ったのだろう。そしてそんな啓には、大堂はどう見えていたのか。

ドアが閉まると、もう内部で話されている声は聞こえない。大堂はそこで椅子から立ち上がると、啓に近づいていった。

「約束をやっと果たせた。俺がやったというより、村上の功労賞だが」

啓に病院の資料を見せる。すると啓はすぐにその意味が分かって、ぱっと顔を輝かせた。

「入院先、分かったんだ？」

「謎なのは、どうして宮崎なんて、誰も知り合いなんていないようなところに行ったかだ。それとも、俺が知らないだけで、宮崎に親戚でもいるのか？」

「聞いたことないけど……」

「余命宣告されてるぐらいだ。急がないと、まずい。すぐに会いに行きたいだろ？　スケジュール調整して、飛行機予約して、そうだな、レンタカーがいるかな」

そこで啓は言葉を詰まらせる。

金は稼げるようになった。仕事もきちんとこなせている。それでもまた一人前の男と呼ぶには、少しだけ何かが足りない。そんな啓にとって、大堂の信頼に応えてくれる姿は、学ぶべきものが多いのだろう。

向けられた視線には、尊敬の文字が浮かんでいるように見えた。

「ありがとう」

「そうだ。ついでに、あいつに借用書、返してくるか」

「……うん、もう貯まったよね」

「ああ、貯まってる」

そこで啓は、つっと前に出てきて、大堂の胸に飛び込んできた。

多忙なスケジュールをこなしつつ、家事も完璧にこなしている。手抜きをしない生活は、若くてもストレスの元になるだろう。

いつも可哀相に思っていたから、そこで大堂は提案した。

「ついでに、少し遊んでこようか？　何か、俺達、新婚旅行もまだだぞ」

「駄目だよ、今、そんなことしたら」

誰かに見つかってしまう。それを啓は心配しているのだろうか。そう思うと、やはり不憫だ。

「この仕事辞めて、みんなが僕を忘れたら、そうしたら……どこでも行けるんだから」

「大人の対応だな。では、見舞いに行くのに三日用意しよう。それと、母親が会いたいそうだ」

この話題は、出来ることなら無視したい。それが出来ないのが、義理堅い大堂の性格ゆえだった。

「母親って？　勇磨のお母さん？」

「いや、俺のじゃなくて」

そういえば大堂の母も再婚していて、もう何年も顔を見ていない。そんなところは似ていることに気が付いた。

だが大堂の場合は、別に母に捨てられたわけでもないし、喧嘩したのでもなかったから、会おうと思えばいつでも会いに行ける関係だった。

「どうやら俺の優秀な秘書は、山陵のことを調べるのに、お母さんを経由したらしい。そしたらお母さん、啓が今やってることを知ったらしくて」

「話題になってる息子に会いたいのかな」

そこで啓は、悲しそうな顔をした。

「子供の頃、父さんが僕を熱心にレッスンに通わせてるのを見て、いつも文句言っていたな。絶対にそんな仕事でお金は稼げないって……」

「じゃあ、稼いだ金額を見せつけてやるか？」

「ううん……今じゃなくていい」

「そうか、それじゃ……俺の父親の墓参りして、母親に挨拶しにいくのを先にしよう」

またいきなり何でそんなことを口にするのだと、啓は驚いただろう。大堂としては、自分なりのけじめを見せたつもりなのだが、そんなものは啓にとっては無用のものだっただろうか。

「えっ、嬉しい。本当にいいの？」

ところが反応がよくて、大堂のほうが途惑う。

「ね、ちゃんと、男嫁だって紹介してくれる？」

「……ああ、そうだな。俺の母親なら、喜んでくれるさ」

たった一人でいい。啓は誰かに、二人の関係を祝福して欲しかったのだろう。そんなふうに思う啓が健気で、大堂はそっと啓の顔を上に向かせて、唇を重ねる。

村上には悪いが、ふられて不幸な姿なんて、絶対に見せてやるもんかとの思いが、大堂のキスをいつも以上に優しいものにしていた。

あとがき

いつもご愛読いただきまして、ありがとうございます。

男嫁募集中、でございます。出来れば、宇宙人のジョーンズさんみたいな人が希望です。いたら、出版社経由でも構いません、ぜひ、ご紹介ください。


ま、家事というものは、実際にお金で換算すると、実は大変な金額のかかるものなのですよね。


たとえば週に三日お掃除サービスを利用し、食事は毎日外食、洗濯はすべてクリーニングで、犬の散歩はペットシッター、なんてハリウッド映画のヒロインのような生活をしていたら、払う金額は軽く、ん十万円……。

大卒初任給では、とても払えませんよ。

実はこの私、少し前までは汚部屋に近い部屋で仕事してました。

家事は苦手じゃありません。料理は好きで、かなり力入れて作ってます。洗濯は丁寧で、着るものを洗濯で駄目にしたなんてことはありません。

じゃ何で掃除だけが苦手なんでしょう。

そう思って、自己分析をしてみましたら、はっきりと脱却法が見つかりました。それが啓君《けい》も言っている、綺麗にしたイメージの刷り込み方法です。そのイメージどおりに再現すればいいだけで、それを実践したら散らからなくなりました。

掃除が得意な人に言わせると、どうして片付けられないのかが、分からないそうですね。そうなんですよ。どうやって片付けたらいいのか、分からなかったんですよ。

最近では、片付けの方法なんて教えてくれる本なども出版されてます。私と同じように、片付け、掃除下手がそれだけいるってことですよね。

旦那が散らかす。奥さんが文句言いながら片付ける。そんな光景も、いつかは奥さんが散らかす。旦那が文句いいつつ片付けるが、ごく普通のことになったりするんでしょうか。

イラストお願いしましたいさき李果《りか》様。大変ご迷惑をお掛けいたしました。平身低頭、本当にごめんなさい。それなのに素晴らしいイラストをいただけまして、心より感謝しております。

担当様、私、なまはげにちょっと怒られる必要がありそうです。『わりごはいねぇがーっ』って、ぐーりぐりされたら、少しはいい子になれるでしょうか。

最後に読者様、仕事や家事の合間の息抜きに、こんな物語でしたが、楽しんでいただけたなら幸いです。

剛《ごう》　しいら拝

LYNX ROMANCE

美《うつく》しい犬《いぬ》

剛しいら　illust. 亜樹良のりかず

898円
(本体価格855円)

美しい男はそれだけで価値がある——美しさに自信を持つ、極道二代目で実業家の紫朗は、新事業のドッグレース開催に取り組んでいた。そのビジネスパートナーは冴えない田舎ヤクザの勇馬。しかし彼の本性はフェロモン溢れる傲慢男で、自宅に連れ込まれた紫朗は手錠足枷で拘束され犯されてしまう。犬を愛する勇馬は、アフガンハウンドのような紫朗に一目惚れし、飼いたいと言うのだが、大人しく躾けられるような紫朗ではなく…。

LYNX ROMANCE

獣《けもの》となりても

剛しいら　illust. 北沢きょう

898円
(本体価格855円)

天使のような美貌とは裏腹に、恐ろしいまでに権力への野望を抱くイリア。皇太子を籠絡したイリアは、死者を蘇らせて創った禁断の兵器・人獣の強大な力を利用して軍部を掌握し、隣国への侵攻を推し進めた。敵国の皇子である羽秀を手に入れ、人獣として蘇らせるが、獣に堕ちたはずの彼はなぜか自我を失わず、なおも崇高な魂を感じさせる羽秀を服従させるためイリアはその強靭な肉体を鞭打ち、己の快楽に奉仕させるが…。

LYNX ROMANCE

狼伯爵《おおかみはくしゃく》～永久のつがい～

剛しいら　illust. タカツキノボル

898円
(本体価格855円)

撃たれた狼を助けた獣医の良宏。ある夜、狼は美貌の男へと変貌し、番となる同族の良宏を探していたと告げる。カイルは百年程前、狼伯を継ぐ者として生まれ、儀式を経て人狼となったという。驚愕する良宏だが、言われるがまま噛みつくと甘美な興奮を覚えた。それこそが番の証だという。体だけでなく心までも繋がる「同調」によって、深い悦楽を教えられる。己に眠る人狼の血に目覚め始めた良宏。だが、人狼ハンターが迫り…。

LYNX ROMANCE

狼王《おおかみおう》～運命のつがい～

剛しいら　illust.タカツキノボル

898円
(本体価格855円)

勇猛な戦いぶりで恐れられるスペイン王の異母兄・アナシス。オスマン帝国に囚われた魅惑の歌声を持つガレーシャが同族の人狼だと気付き、番にするべく略奪する。一目で恋に落ちた彼と体を噛み合えば甘美な衝撃が貫き、番の証である「同調」によって身も心も繋がったかと思えたが、愛を囁いても、俗情に疎いガレーシャの心が掴めない。その隙を突くかのように、人狼ハンターの銀弾がガレーシャを襲い…。

LYNX ROMANCE

初恋《はつこい》のソルフェージュ

桐嶋リッカ

illust. 古澤エノ

898円
（本体価格855円）

長い間、従兄の尚梧に片想いをし続けている凛は、この初恋は叶わないと思いながらも諦めきれずにいた。しかし、尚梧から突然告白され、嬉しさと驚きで泣いてしまった凛は、そのまま一週間、ともに過ごすことになった。激しい情交に溺れる日々の中、「尚梧に遊ばれている」だけだと彼の友人に凛は告げられる。それでも好きな想いは変わらなかった凛は、関係が終わるまで尚梧の傍にいようと決心し…。

LYNX ROMANCE

眠《ねむ》り姫《ひめ》とチョコレート

佐倉朱里

illust. 青山十三

898円
（本体価格855円）

バー・チェネレントラを経営している長身でハンサムな優しい男・黒田剛は、店で繰り広げられる恋の行方をいつでも温かく見守り、時にはキューピッドにもなってきた。そんな黒田だが、その実、素はオネエ言葉な乙女男子だった。恋はしたいけれど、こんな男らしい自分が受け身の恋なんて出来るはずがないと諦めている。しかしある日、バーの厨房で働くシェフの関口から突然口説かれて…。

LYNX ROMANCE

夏《なつ》の雪《ゆき》

葵居ゆゆ

illust. 雨澄ノカ

898円
（本体価格855円）

事故で弟が亡くなって以来、壊れていく家族のなかで居場所をなくした冬は、ある日衝動的に家を飛び出してしまう。行くあてのない冬を拾ったのは、偶然出会った喜雨という男だった。優しさに慣れていない冬は、喜雨の行動に戸惑うが、次第にありのままを受け入れてくれる喜雨に少しずつ心を開いていく。やがて、喜雨に何気なく触れられるたびに、嬉しさと切なさを感じはじめた冬は、生まれて初めて人を好きになる感情を知り…。

LYNX ROMANCE

氷《こおり》の軍《ぐん》神《しん》 ～マリッジ・ブルー～

沙野風結子

illust.霧壬ゆうや

898円
（本体価格855円）

中小企業庁に勤務する周防孝臣は企業の海外展開を支援するため、ドイツへ視察に向かう。財閥総帥の次男、クラウス・ザイドリッツに迎えられ、「冷徹な軍人」の印象をもつ美貌の彼と濃密な時間を過ごすことになった。帰国前日、同性であるクラウスの洗練された魅力にあらがえないことに思い悩む孝臣は、ディナーで突然、意識をなくしてしまう。目覚めた孝臣にまっていたのは拘束され、クラウスに「淘汰」されることだった…。

LYNX ROMANCE

闇《やみ》の王《おう》と彼方《かなた》の恋《こい》

六青みつみ　illust. ホームラン・拳

898円
（本体価格855円）

雨が降る日、どこか懐かしく感じる男・アディーンを助けた高校生の羽室悠。人間離れした不思議な魅力を持つアディーンに強く惹かれるが、彼は『門』から来た『外来種』だと気づいてしまう。人類の敵として忌み嫌われ恐れられている彼の存在に悩みながらも、つのる想いが抑えられず隠れて逢瀬を続ける悠。しかし、『外来種』を人一倍憎んでいる親友の小野田に見つかり、アディーンとの仲を引き裂かれてしまい…。

LYNX ROMANCE

濡《ぬ》れ男《おとこ》

中原一也　illust. 梨とりこ

898円
（本体価格855円）

大学時代からの友人で、魔性の魅力を持つ男・楢崎に惑わされる、准教授の岸尾。大学生のころから楢崎に惚れていた岸尾は、楢崎が放つエロスに負け、とうとう一線を超えてしまった。しかし、楢崎の態度はその後も一向に変わらず、さらには他の男に抱かれたような様子まで岸尾に見せてくる。そんな彼に対し、岸尾はついに決別を言い渡すが…。無自覚ビッチに惚れてしまった岸尾の運命やいかに――。

LYNX ROMANCE

幽霊《ゆうれい》ときどきクマ。

水壬楓子　illust. サマミヤアカザ

898円
（本体価格855円）

ある朝、刑事の辰彦は、帰宅したところを美貌の青年に出迎えられる。青年は信じられないことに、床から10センチほど浮いていた。現実を直視したくない辰彦に対し、青年の幽霊は「自分の死体を探して欲しい」と懇願してくる。今、追っている事件に関わりがありそうな予感から、気が乗らないながらも引き受ける辰彦。ぬいぐるみのクマの中に入りこんだ幽霊・恵と共に死体を探す辰彦だったが…。

LYNX ROMANCE

理事長様《りじちょうさま》の子羊《こひつじ》レシピ

名倉和希　illust.高峰顕

898円
（本体価格855円）

奨学金で大学に通っている優貴は、理事長である滝沢に対して恩を感じていた。それだけでなく、その魅力的な容姿と圧倒的な存在感に憧れ、尊敬の念さえ抱いていた。めでたく二十歳を迎えた優貴は、突然滝沢から呼び出されて、食事をご馳走になる。酒を飲んだ優貴は突然睡魔に襲われてしまう。目覚めると、裸にされ滝沢の愛撫を受けていた優貴は、滝沢の家に住み、いつでも身体の相手をすることを約束させられ…。

この本を読んでの
ご意見・ご感想を
お寄せ下さい。

〒151-0051
東京都渋谷区千駄ヶ谷4-9-7
(株)幻冬舎コミックス　リンクス編集部
「剛《ごう》しいら先生」係／「いさき李《り》果《か》先生」係

リンクス ロマンス

教えてください

2013年2月28日　第1刷発行

著者……………剛《ごう》しいら
発行人…………伊藤嘉彦
発行元…………株式会社　幻冬舎コミックス
〒151-0051　東京都渋谷区千駄ヶ谷4-9-7
TEL 03-5411-6434（編集）
発売元…………株式会社　幻冬舎
〒151-0051　東京都渋谷区千駄ヶ谷4-9-7
TEL 03-5411-6222（営業）
振替00120-8-767643
印刷・製本所…共同印刷株式会社
検印廃止

ISBN978-4-344-82747-9 C0293
Printed in Japan

幻冬舎コミックスホームページ　http://www.gentosha-comics.net